KETCHUP CLOUDS

番茄酱之云

[英] 安娜贝尔・皮彻 / 著　徐东林 / 译

用我全部的爱和最诚挚的谢意

致我的丈夫和最好的朋友S.P.

这是多么悲伤、糟糕和疯狂——但又是多么甜蜜啊！

——摘自 罗伯特·布朗宁《自白》

序　章

亲爱的斯图亚特·哈里斯先生：

请别在意左上角那团红色。那是果酱，不是血迹，虽然我觉得自己不需要告诉您二者的区别。那又不是警察在您鞋子上发现的您妻子做的果酱。

那个角上的果酱是从我的三明治里面掉出来的。是自制树莓酱，奶奶做的。她七年前就死了，做果酱是她生前做的最后一件事情。差不多是吧，如果不算她在医院度过的那几个星期的话。在医院的那段时间，她的心脏一直连接着一种仪器。如果病人运气好的话，那仪器就会发出短促的“哔哔”声，如果运气不好，那仪器的响声就会变成一声长长的“哔——”。而七年前在病房里回荡的就是这个长长的声音。“哔——”。六个月后，我妹妹出生了。爸爸用奶奶的名字给妹妹起名，叫作多萝茜·康丝坦斯。爸爸不再那么难过之后，决定把这名字缩短一些。而妹妹长得小小的、圆乎乎的，所以最后我们决定就叫她点点。

我的另一个妹妹索普[①]10岁。她和小妹都长着金色的长发，绿色的眼睛和尖尖的鼻子。但是索普长得瘦高，肤色发黑，就像小妹点点被擀平之后又在烤箱里烤了十分钟一样。而我长得跟她们都不一样。我的头发是棕色，眼睛也是棕色，不高不矮，不胖不瘦。我猜，是长相很一般的那种。只是看着我的话，你永远都猜不到我的秘密。

最后，我还是努力把三明治吃掉了。果酱没有腐烂变质，因为果酱装在消了毒的罐子里能保存很多年。至少爸爸是这么说的，虽然妈妈对此嗤之以鼻。妈妈的鼻子也是尖尖的。她的头发跟我两个妹妹的发色一样，但是要短一些，还有点卷。而爸爸的发色跟我的更相近，只是他的两鬓已经有些斑白。他有异色症，所以他的眼睛一只是棕色，另一只颜色要浅一些。如果外面是艳阳天，他这只眼睛就是蓝色；如果外面是阴天，这只眼睛就会变成灰色。我曾经说，爸爸的这只眼睛就像是把天空的颜色装进了一个插座孔。爸爸的两颊中间还有两个酒窝。我不知道说这些重要不重要，但是我想，在我告诉你我来这里真正想说的事情之前，最好让你对我的家

① Soph（索普）是Sophie（苏菲）的昵称。

庭有个大致的了解。

因为我要把这事儿说出来。我坐在这间花园小屋里可不是因为这里好玩。这里非常非常冷！而且，妈妈要是知道我现在还没上床的话，她会杀了我的。但是这里却是写这封信的好地方，刚好躲在几棵树后面。别问我是什么树。反正这些树的叶子很大，树叶在微风中沙沙作响。沙沙沙沙。其实这象声词一点也不像树叶的声音。

我的手指也沾上了果酱，所以手里握的笔上也黏糊糊的。我敢打赌，那两只猫的胡须肯定也是黏糊糊的。因为我把没吃完的三明治扔到树篱后面的时候，名叫劳埃德和韦伯的那两只猫正好在那里。它们高兴得喵喵直叫，好像不敢相信自己能有这么好的运气，天上竟然下三明治了！我现在不饿了。事实上，我从来也没感觉饿过。说实话，我起初做那个三明治只是为了拖延开始写这封信的时间而已。哈里斯先生，我无意冒犯或有其他企图。只是很难开始写这封信。而且我很累。从五月一日到现在，我都没怎么睡着过。

我在这里睡着也没什么危险。只是大腿下面的那箱瓷砖凹凸不平的，而小屋的门下面还有条缝，那里直钻风。我得移动一下了，因为我的手电筒刚好快没电了。刚才，我用上下牙齿咬着手电筒来照亮，但是下巴开始酸疼了，所以现在，我就把它平放在窗台上的一个蜘蛛网旁边。我一般不会坐在这间小屋里，尤其不会在凌晨两点钟坐在这儿，但是今晚，我脑海里那个声音比以往任何时候都更响亮。我脑子里那些图像更加真切了，我的脉搏也越跳越快，我确信，要是此刻我的心脏也连接上医院里的那些仪器，心跳速度之快会把仪器都弄坏的。

我从床上起来的时候，睡衣的上半截粘在后背上，嘴巴比沙漠还干。就是在那时候，我把您的名字和地址放在自己的睡衣口袋里，踮着脚尖出来了。现在，我在这里面对着这张白纸，决定要告诉您我的秘密，但又不确定该怎么说出口。

写作中不存在结结巴巴。但是如果有的话，比如我的手是个巨大的舌头，那么老实讲，这舌头一定会在复杂得只有侦察兵才懂的结中缠作一团。侦察兵和BBC2频道的那个主持人才懂的那种结。您知道，就是那个头发凌乱、做荒野求生节目的主持人，在节目最后进入丛林深处，还睡在树上、把蛇当晚餐吃的那个人？我现在开始想，您可能不知道我在说什么。你们在死囚牢房有电视吗？如果有，你们看英国节目吗？还是只看美国的？

我猜这些问题没什么意义。即使您想写回信，我这封信上留的地址也是假的。在英国根本就没有费克申路[①]，所以，哈里斯先生，

---

① 原文Fiction Road音译为“费克申路”，但fiction在英文中本来就有“虚构”的意思。

别幻想您能成功越狱并突然出现在我家门前，说您刚好搭了个从得克萨斯来的顺风车，要找一个女孩，她的名字叫——呃，我们就假装我的名字叫佐伊吧。

我在一个死刑囚犯网站上看到了您的联系信息。我找那个网站是因为一个修女，我从没想过我会写下这句话，但是我的生活也不是我想象的那样。那个网站上有一张您的照片，您看起来很友好，穿着橘色连体裤，剃了光头，戴着厚厚的眼镜，脸的一侧还有道疤。我不止点击了您的简历。那个网站上有成百上千个罪犯都想找笔友。好几百个呢。但是您特别突出。那些关于您的家人不认你，所以您整整十一年都没有得到任何邮件的介绍很突出。那些关于您罪行的材料也很突出。

我并不相信上帝，不过，在维基百科上再三确认牧师不会告诉警察任何消息之后，我还是去做了忏悔来洗脱自己的罪行。但是当我坐在告解室透过格子窗看到牧师的侧影时，我又说不出口了。我本来要在那里跟一个一生中除了在很糟糕的日子里可能偷偷地多喝一口圣餐酒之外从没做过任何错事的人忏悔。除非他是那种玩弄小孩的牧师，那样的话，他肯定知道关于罪恶的一切，但我对此并不确定，所以我没有冒那个险。

而跟您说就安全多了。说实话，您让我想起了哈利·波特。我不记得那套书的第一本是什么时候出版的了，不记得它是在您的谋杀案审判之前还是之后出的，但总之，如果您感到困惑，我还是解释一下原因吧：哈利·波特脸上有一道疤痕，戴着厚厚的眼镜，而您也有一道疤，也戴着厚厚的眼镜；他也从没收到过邮件。然而突然之间，他就收到了一封神秘的来信，说他其实是个巫师，他的生活从此就发生了奇迹般的变化。

现在，您大概在牢房里一边读着这封信一边想："是不是也有人会告诉我，说我也有魔力？"如果按照那个网站上的信息来判断，我相信您一定想象着治愈您妻子身上的每一处刺伤。好吧，很抱歉让您失望了，但我只是个十几岁的普通女孩，不是魔法学校的校长。不过，相信我，如果这支圆珠笔是一根魔杖的话，我一定会赐予您让您妻子立刻起死回生的魔法，因为那正是我们的共同之处。

我明白您的感受。

我这里不是一个女人。我这里是个男孩。我杀了他，就在整整三个月前。

您知道最糟糕的是什么吗？是我侥幸逃脱了。没有人发现那是我的责任。没有人有任何线索。我就像另一个男孩一样，逍遥法外，四处走动，说正确的话、做正确的事，而我的内心却在尖叫。

我不敢告诉妈妈、爸爸或者妹妹们，因为我不想家人不认我，我不想进监狱，即使我活该被这样对待。所以您看，哈里斯先生，我没有您勇敢，那么您被执行注射死刑的时候也就别太难过了。我对此并不担心，因为我的狗被注射杀死的时候就看起来很平静。那个网站上说您永远都不会原谅自己，但至少现在您知道了，这世上有比您更糟糕的人。您有勇气承认自己的错误，而我却是个十足的胆小鬼，连写信都不敢暴露自己的真实身份。

所以，是的，您就叫我佐伊吧。就假装我生活在英格兰西部，我不知道，巴斯[①]附近吧。巴斯是个到处都是古建筑的老城，一到周末就有很多游客在大桥那里照相。我要写的其他内容都是事实。

来自：

佐伊

8月1日

于 巴斯 费克申路1号

① 巴斯（Bath），英国英格兰西南部城市，以温泉闻名的旅游古城。

亲爱的哈里斯先生：

如果您打开了这封信，我想那就意味着您对我要说的事还是感兴趣的。那很好，但是我不会把这当做什么恭维，因为，说实话，您在那间牢房里除了写写诗也无事可做，一定很无聊吧。顺便说说，您写的诗歌真的很好，尤其是关于注射死刑的那首十四行诗。我在您的简历中看到了您的诗，关于剧院的那首诗让我觉得很伤感。我敢打赌，您当时也不知道在多萝茜走过那条黄砖路的48小时内，您会犯罪杀人。

可笑的是，我竟然可以几乎眼都不眨地写下那些话。如果我没杀过人，写起来的感受肯定会不同。以前，我和您可能八竿子也打不着什么干系，但现在我们乘上了同一条船，处境真是完全一样了。您杀死了您本应该爱的人，我也杀死了我本该爱的人，我们都体会到了痛苦、恐惧、悲伤、负罪感，还有上百种用所有的英语词汇也无法名状的感受。

每个人都以为我很伤心，他们看到我面色苍白、瘦弱无力、眼袋突出、头发油腻，所以也不会问我很多问题。有一天，妈妈强迫我把头发剪了。在发廊，我盯着那些顾客想，他们中间多少人有不可告人的秘密？因为修女说过，人无完人，每个人内心都有好的一面和坏的一面。每个人都是这样。即便是那些你从未想过会有阴暗面的人，比如说巴拉克·奥巴马和《蓝色彼得》节目[①]的那些主持人。每当罪恶感太强让我无法入睡时，我就努力这么想。虽然今晚我也这么想了，但还是睡不着。所以我又来这里了。这儿还是特别冷，不过这次我用爸爸的旧外套把小屋门下面的那条缝隙堵上了。

我不记得那个修女的名字，不过她的脸像葡萄干一样布满了皱纹。您仍然可以把她的脸想象成葡萄一样光滑，因为在她的皱纹下面藏着一种美。放暑假的前一周，她来到我们学校，给我们讲了讲死刑的问题。她说话的时候，声音很小而且有点颤抖，但每个人都听得十分专注。连亚当都听得很认真。一般他都是把椅子往后一拉，往女同学头上扔笔帽玩。但是那天，我们都把连帽衫的兜帽取下来认真听讲，没有一个人做不该做的事。我们都呆呆地盯着这位老修女，认认真真地听她讲她为废除死刑所做的工作。

她做了很多工作：请愿、抗议、在报纸上写文章、给罪犯写信。那些罪犯还会写回信，跟她吐露秘密，等等。“比如他们的罪行什么的秘密吗？”有人问。修女点点头。“有时候是的。每个人都需要被倾听。”

---

① 《蓝色彼得》（*Blue Peter*），首次播出于1958年，是世界上播出时间最长的儿童电视节目，在CBBC和BBC 1播出。

我就是从那一刻开始萌发这个想法的，就在宗教教育课堂上。那个修女还讲了一堆其他我都没记住的东西。我一回到家，连鞋也没脱就冲上楼去了书房，尽管妈妈刚买了米白色的地毯。我打开电脑，找到了一个死刑囚犯网站，在“是的，我已年满18岁”那个选择框里打了钩。我说了谎，但这并没有导致电脑关机或报警。我就直接进入了寻找笔友的罪犯的数据库，然后就看到了您，哈里斯先生，第四页第三排从左数第二个人，就好像您正在等着听我的故事一样。

第一章

这虽然不是最佳原创标题，却是真实的生活，不是虚构小说，对我来说有点像一种告别。平常我都是写奇幻小说，为了防止您看不明白，我写得最好的一部小说是《怪物比兹尔》[①]，讲的是一个蓝色的毛茸茸的生物住在一户人家食品柜背后的烘豆罐子里。他已经在那里很多年了，突然有一天，一个叫莫德的男孩（真名是多姆[②]，但是他迷恋镜像，所以把自己的名字也反过来拼写）想吃豆子吐司，所以他打开了那个烘豆罐子，把罐子倒过来，比兹尔就扑通一声掉到了一个可微波加热的盘子上。

现在，哈里斯先生，我不知道您写诗歌写了多久了，但自从我上小学时为写第一篇读书笔记读了《五伙伴历险记》之后，我就一

---

① *Bizzle the Bazzlebog*，经查无此书，暂译《怪物比兹尔》。

② Dom（多姆），反过来拼写是Mod（莫德）。

直想当一名作家。如果满分是5星，我给这本书4.5星，因为这个冒险故事不错，而且他们最终找到了宝藏，但其中有个叫乔治的人物，是个边缘型人格的异装癖者，总是不停地跟她的狗说话，这不现实，所以我给它摘掉半颗星。

此刻，窗外满天星光闪烁，每一颗星星都很明亮。也许外星人正为地球做精彩的评估，这正好能显示他们对地球知道多少。外面很安静，静得好像整个世界都在屏住呼吸，等我把这个故事讲下去，可能您也在等，那现在就开始吧。

一切都开始于一年前一通意外的电话。去年八月的整整一个星期，我都在努力鼓起勇气，准备问妈妈自己是否能去参加周六晚上的一个聚会。那个聚会可不是普通的聚会，而是麦克斯·摩根的聚会，每个人都受邀去庆祝夏天的结束，因为那之后几天内我们就得回学校了。遗憾的是，妈妈答应我去的概率不足1%，因为那时候她从不让我做任何事情，跟劳伦一起在市内买东西都不行，因为她担心我被人拐骗，也担心我的作业。

在我们家可没有翘班一说，因为在点点小的时候，妈妈就把她的律师工作辞了。点点小时候经常生病，总是去医院，所以我估计，照顾点点就是个全职工作了。我早晨醒来，妈妈会问我当天要上什么课；晚上放学回家，妈妈会监督我做作业。其他时间，她就做家务。因为房子面积很大，所以很难把家里收拾得整整齐齐，更别说一尘不染了。但是妈妈坚持执行着严格的时间表，设法让家里保持干净整洁。她会一边看新闻，一边折好晾干的衣服、把袜子配成双。本该在浴缸里放松的时候，她会同时用法兰绒毛巾把水龙头擦亮。她还要做很多饭菜，总是用最好的配料。鸡蛋要用散养鸡蛋，蔬菜得是有机的，牛肉必须产自伊甸园一样无污染、无化学品的地方，这样的肉才是没受致病因素污染的。

哈里斯先生，我希望您不要介意我在谷歌上搜索了您的妈妈（不过没搜到），我就是想看看她是不是也很严格，要求您在学校的时候努力学习、对长辈有礼貌、别惹麻烦、多吃蔬菜，等等。我希望不是。想到您青少年时期津津有味地吃着花菜，而现在却被锁在牢房里，无自由可言，实在令人感到遗憾。我希望您也曾做过一些疯狂的事情，比如接受挑战，在邻居的花园里裸奔，这在劳伦十四岁生日聚会上就发生过呢，不过那天我先回家了。劳伦在学校告诉我这事的时候，我照常装出一副面无表情的样子，显得自己很成熟，对这样的事不足为奇。但是历史老师叫我们停止交头接耳、认真看练习题时，我看到的不是犹太人，而全是在月光下嘣嘣跳动的乳房。

我讨厌错过，讨厌对他们的故事只有听的份儿。而且我嫉妒他们，真的很嫉妒，嫉妒自己没有这样的故事可讲。所以当我收到麦克斯的聚会邀请时，我决定要以一种妈妈不可能拒绝的方式去问问她。

星期六早上，我躺在床上琢磨该怎么组织好措辞提出这个问题，问完了我还得去图书馆接班。我在图书馆整理书架，每小时能挣3.5英镑。正在这时，电话响了。我从爸爸的语气里听得出来，事情很严重，所以我从床上爬下来，穿着睡衣下楼了。当时穿的就是我现在穿着的这件睡衣，上面有红色和黑色的印花，袖口有蕾丝（供参考）。过了一会儿，爸爸没吃早饭就跳上宝马车走了，妈妈穿着围裙、戴着黄色的洗涤手套在后面追他，一直追到了车道上。

“没必要急着冲出去嘛！”她说。哈里斯先生，现在我们要好好说话了，我想我得把对话适当地表达出来，这样你就更容易读懂。当然了，我不记得每个人说的每件事，所以我会做一点改述，也会省略掉那些无聊的事情，比如关于天气的内容。

“怎么了？”我站在门廊上一脸担忧地问。

“至少吃片吐司吧，西蒙。”

爸爸摇摇头：“我们现在就得去。我们不知道他还有多长时间。”

“我们？”妈妈问。

“你也会来的，不是吗？”

“让我们考虑一会儿……”

“他也许连一会儿的时间也没有了！我们现在就得去。”

“如果你觉得你得去，我也不拦你，但是我会待在这儿。你知道我感觉……”

“到底怎么啦？”我又问了一遍。这次声音更大。我的脸上一定更显焦急了。而我的父母却没看到。

爸爸一边用手指在两片灰白的头发上画着圈揉着太阳穴，一边说：“过了这么久，我跟他说点什么呢？”

妈妈做了个苦相。“我不知道。”

“你们在说什么呀？”我问。

“你觉得他会让我进他的房间吗？”爸爸继续问。

“听声音来说，他的状况已经糟糕到根本不知道你在不在那里了。”妈妈说。

“谁不让进？”我走上车道问。

“拖鞋！”妈妈叫道。

我走回门廊，在垫子上擦了擦脚，又问：“有没有人能告诉我到底发生什么事了？”

对话暂停了，暂停了很长时间。

“是爷爷，”爸爸回答。

“他中风了，”妈妈说。

“哦。”我应了一声。

这并不是最富同情心的反应，但是我得为自己辩解一下，我也很多年没见过爷爷了呀。我记得在爷爷的教堂，妈妈不让我们上圣坛，因此我们很嫉妒爸爸在圣餐仪式上领到了圣饼。我还记得我玩弄赞美诗集，把索普手里的书突然啪得一声合上，爷爷朝我皱眉的时候，我就赶紧哼唱《大白鲨》的主题曲。他有一个大花园，里面有巨大的向日葵。有一次，我在他的车库里做了一个窝，他还给了我一瓶柠檬水，让我给布娃娃喝。但后来有一天，他们吵了一架，我们就再也没有去看过爷爷。我不确定发生了什么，但是我很清楚我们连午饭也没吃就离开了爷爷家。当时我肚子饿得咕咕直叫，所以我们破例在麦当劳吃了一次饭。妈妈那会儿心烦意乱，都没阻止我点巨无霸和超大份炸薯条。

“你真的要待在这儿吗？”爸爸问。

妈妈调整了一下戴在手上的洗涤手套。“要不谁来照顾女儿们呢。”

“我！”我突然说，因为我脑子里突然有了一个计划。“我能行。”

妈妈皱起了眉头：“我看不行。”

“她够大了，”爸爸说。

“但是万一出事了怎么办？”

爸爸举起手机，说：“我有这个。”

“我不知道……”妈妈吸着脸颊内侧，盯着我说：“那你在图书馆值班的事怎么办呢？”

我耸耸肩。“我打个电话，解释一下家里有急事就行了。”

“就这样了，”爸爸说：“安排好了。”

一只鸟飞到了车头上。是一只画眉。我们盯着它看了一会儿，因为它嘴里正叼着一只摇摇晃晃的虫子。然后，爸爸望着妈妈，妈妈也望着爸爸，我在背后交叉手指祈求好运的时候，那只鸟拍打着翅膀飞走了。

“听着，我真觉得自己还是和孩子们在一起比较好，”妈妈咕哝着，但语气并不太肯定。“索普要练琴，我还得帮点点……”

“别找借口了，简！”爸爸一拳砸在自己的大腿上。“显然你是不想来。至少要有勇气承认吧！”

“好吧！但这也是双向的，西蒙。我们都知道，你爸爸也不想让我去。”

“他的状况已经糟糕到根本不知道你在不在那里了！”爸爸直视着妈妈的眼睛说。重复她的话是个聪明的策略，她自己也知道。好像被打败了一样，妈妈叹了口气，脱掉手套，转向屋子。

“随你便，但是我现在告诉你，我不会到他的房间去的。”她在走进前门之前说道。

爸爸咬紧牙，看了看表。我向着汽车走去，手指还在背后交叉着。

“那么，你觉得你们是要在医院待一会儿吗？”

爸爸挠了挠脖子后面，叹了口气。“大概是吧。”

我挤出最乐于帮忙的微笑说：“别担心我们。我们都会好好的。”

“谢谢，宝贝儿。”

“如果你们没有及时回来，我就不去参加聚会了。那也没关系。我是说，劳伦会失望，不过她会释怀的。”我故意这么说。这样一来，爸爸自然以为妈妈已经同意了。他打着车喇叭催促妈妈。

“聚会什么时候开始？”

“八点，”我回答，声音比平常稍微大一点。

“到那时，我们应该回来了……无论如何，希望到时能回来吧。如果你需要，我可以送你去。”

“太好了，”我说。我跑进屋里，努力克制着不要笑出来。

当天下午，妈妈打电话回来告诉我们，爷爷情况稳定。她在医院里小声说，爸爸正在处理事情，让我把冰箱里的牛里脊肉拿出来，准备做晚餐用。我笑了笑，因为牛排刚好是我的最爱。一切都进展得特别顺利，所以我给自己做了一杯橙子、柠檬混合果汁，还加了冰块，一碰到玻璃杯就叮当作响。那天剩下的时间，我都是在花园里度过的。我在阳光下写《怪物比兹尔》，还给后门旁边一根树枝上挂着的喂鸟器填满了鸟食。各种鸟迅速飞向喂鸟器：一只喜鹊飞来，我向它行礼致意；一只苍头燕雀飞落在地上；一只燕子附身飞过花圃……我看鸟看了很久，没心没肺地高兴，因为鸟类知识可是我的强项，不是我吹牛，我对英格兰的每一种鸟都了如指掌。

花园里有成百上千株蒲公英，我画了其中一朵，以防您住的地方长着不同的杂草，或者根本寸草不生。我想象中的得克萨斯很干旱，或许甚至是一片有海市蜃楼的沙漠。我确信您透过窗户就能看到外面金黄色的沙子。哈里斯先生，那一定是一种折磨，除非您并不喜欢海滩。

我摘了一朵蒲公英，一边用手指捻着玩，一边扑通一声躺在草地上，把双脚搭在花盆上。天空中的太阳和我手里花的颜色一模一样，一道灼热的黄色光线把二者相连。太阳和花之间的连线发出火焰一样的光。大约就是从那时起，我的指关节开始被晒伤了。但是，有那么一刹那，我感觉自己和宇宙之间被一个巨大的连点成图游戏联系起来了。一切都有意义，一切都说得通，好像真的有人在冥冥之中用数字描绘着我的人生。

当然，这个人不是我的小妹。

“你喜欢这个吗？”

点点穿着一条粉红色裙子站在我面前，胳膊肘底下夹着一本益智拼图。她耳聋，所以用手语比画着。我眯着眼睛看了看拼图。她把连点的顺序搞错了，所以本来应该飞向天空的蝴蝶看起来就像要迫降在树上了一样。我把蒲公英别在耳朵后面。

“我很喜欢。”

“比巧克力还喜欢吗？”

“比巧克力还喜欢，”我打着手势。

“比……冰激凌还喜欢吗？”

我假装想了一下：“哦，那得看是什么口味的了。”

点点跪下来，双膝胖乎乎的。“草莓味的呢？”

“肯定比草莓冰激凌更喜欢。”

“香蕉味的呢？”

我摇摇头，“肯定不比那喜欢了。”

点点咯咯地笑起来，又靠近了一点。“但是真的比香蕉味的还喜欢吗？”

我亲了亲她的鼻子。“比世界上任何口味的冰激凌都喜欢。”

点点把拼图扔到草地上，在我身边躺了下来，微风吹动着她的长发。

“你耳朵上有一朵蒲公英。”

“我知道。”

“为什么呢？”

“蒲公英是我最喜欢的花。”

“比水仙花还要喜欢吗？”

“比整个宇宙的任何一种花都要喜欢，”我比画着，就这样缩短了提问，因为前门开了，门厅里传来脚步声。我坐起来，认真地听着。点点看起来很困惑。“是爸爸妈妈，”我解释。

点点一下子跳起来。但是听到爸妈的声音，我抓住了点点的手，没让她跑到厨房去。他们在争吵，声音通过敞开的窗户传了过来。在爸妈发现我之前，我躲在了灌木丛后面，把点点也拉到我背后。点点笑了起来，她以为我把树叶拨开是在玩什么游戏。

妈妈把一只杯子重重地放在厨房的橱柜桌面上。“我难以相信你竟然同意了！”

“那我该怎么办呢？”

她猛戳了一下茶壶的开关。“跟我说呀！商量商量啊！”

“你当时都不在那个房间，我怎么跟你商量？”

“那不是理由。”

“他是她们的爷爷，简。他有权利看看她们。”

“别跟我说这个！她们已经很多年都与他无关了。”

“那她们现在就更有理由和他在一起了，趁现在还不算太晚。”

我看到妈妈翻了个白眼。点点正在不停地扭动，想要挣脱我抓着她的双手跑开。我用一只手捂住她的嘴巴，严肃地皱着眉头对她做了个“安静点”的表情。在厨房，妈妈从抽屉里拿出一支茶匙，然后用屁股一顶，砰的一声把抽屉关上了。

“对于这件事情，我们很多年前就已经做了决定。很多年前。我不会违反那个决定，不会因为现在你爸爸有一点……”

“他中风了！”

妈妈把茶匙扔进杯子里。“那什么也不能改变！一点也不能！你到底站在谁那边？”

“我不想选边站队，简。不要再分哪一边了。我们是一家人。”

“要说这个，跟你爸……”妈妈话还没说完，可就在那时，点点咬了我的手指头，从我手里挣脱了，我真是怎么也拦不住。她用最快的速度跑开了，还在草坪上翻了两个跟头。她的裙子也翻到肩膀上去了，露出了短裤，最后碰到草地上的一个土堆，她终于停了下来。当妈妈和爸爸望向窗外时，点点摘了一朵蒲公英。只有这一朵是白色的，毛茸茸的，沾满了那些像死去的精灵一样纤细的东西。太阳隐入云后，点点用力一吹，那朵蒲公英便消失了。哈里斯先生，我现在不能再写了，因为我累了，而且左腿都发麻了。

来自：

佐伊

8月12日

于 巴斯 费克申路1号

亲爱的哈里斯先生：

这间小屋最大的好处就在于没有眼睛。除了那只蜘蛛的八只眼睛，没有任何其他眼睛，而且蜘蛛的眼睛也没有看着我。那只蜘蛛正趴在窗台上的蜘蛛网里，透过玻璃盯着树的侧影、云和半月，月光照在它的眼睛上，映出点点银光，也许它正想着苍蝇之类的东西。

明天就不一样了。各种目光又要回来了。我走到学校开始新学期的路上会遇到伤心的目光，好奇的目光，有的会注视着我，有的尽量不看却又不断偷瞄我。即使是在卫生间也无处可藏，如果你觉得那里比较安全的话。因为上学期，几个女生甚至在卫生间等着我从小隔间出来，然后就扑过来问这问那，想从我这儿知道一切——事件、时间、地点、过程，却不问人物，因为她们都参加了他的葬礼。

问题、问题、问题、问题，问的声音越来越大，就好像字号不断放大一样，而我却不知道该说什么。我开始看起来有点可疑了，所以有必要找些话说，但是我的嗓子里却空无一词。我的后背开始冒汗，我感觉一根灼热的白骨从屁股到头顶一直在燃烧。我把水龙头开到最大。水流不断地冲洗着我的双手，试图洗去我的罪恶。我开始擦洗双手，越洗越用力，同时呼吸也越来越快，而那几个女生也越来越靠近，我一秒钟也忍受不下去了，最后夺门而逃。我撞上了语文老师，她看了我一眼，把我领进了她的办公室。

办公室的墙上挂着一幅麦克白夫人的照片，下面有一句引文“洗掉吧！这该死的污点！[①]”。哈里斯先生，我不知道您是否熟悉莎士比亚，但万一您想知道的话，麦克白夫人可不是在说她脸上的小疙瘩。我盯着麦克白夫人沾满血迹的双手，使劲甩着自己的手。麦克林夫人轻声说：“好了好了，别担心，别着急。你想待多长时间就待多长时间。”我想知道她是否真的是这个意思，我是否可以坐在她的办公桌旁边，紧挨着一堆打分表，一直坐到放学。我受不了她对我好，受不了她拍着我的胳膊让我深呼吸，说我做得非常好、我非常勇敢、她非常抱歉，无论如何好像都是她的错，而不是我的错，包括他的尸体在棺材里这事。

最难的事莫过于——我知道他在地下，怒目圆睁。那是一双我熟悉的棕色眼睛，正向上凝视着这个再也够不着的世界。他的嘴巴也张着，好像在呐喊事实真相，却没有人听得到。有时候，我甚至可以看到他的手指甲，流着鲜血的、裂开的手指甲，使劲在棺材盖子上画出文字，用长篇大论说明五月一日发生的事情。然而，这些文字深埋在地下约六英尺的地方，所以不会有人看到。

但是，也许这些文字的确有帮助，哈里斯先生。也许，我把这

① “洗掉吧！这该死的污点！洗掉啊！我说！”莎士比亚戏剧《麦克白》中麦克白夫人的台词。剧中，杀死了国王的麦克白夫人每晚在梦游中机械地不断擦洗双手，试图洗掉心中的罪恶感。

个故事跟您讲得越多，那个棺材上就会有越多的文字消失，直到全部都永远消失。他的手指甲会康复，他会把双手交叉放在胸前，也会最终闭上双眼，然后会有很多蛆爬来吃掉他的肉，但这样也就解脱了，他的骨骼会微笑。

第二章

无论如何，我最好言归正传，告诉你去年爸妈因为爷爷的事吵完架之后发生了什么。他们争吵完之后，还想努力表现得跟平常一样，但是紧绷的张力一割就断，我估计要比我用刀割开盘子里的牛排还轻松。妈妈以前从不会把食物弄得一团糟，但那天饭全都烧煳了。我希望自己听起来并不是那么不懂感恩。您一定烦透监狱的饭了，我想象那应该是稀粥之类的饭吧，因为我看到在音乐剧《奥利佛》中就是那样的饭。我相信那些卫兵就在您的牢房前吃比萨，离得很近，近得您都能闻到香味，您可怜的嘴巴流着口水，而您能做的就是忍住别开始用伦敦口音唱《饕餮盛宴》[①]。

如果要说什么安慰的话，妈妈那晚做的饭跟饕餮盛宴连边都沾不上。我们五分钟之后不想吃那牛排了。

① 英国ITV电视台2013年播出的一档烹饪系列节目，由卡罗尔·沃德曼（Carol Voderman）主持。

“为什么我以前没见过爷爷？”点点突然打手势问道。

爸爸举起红酒杯，但是一口也没喝。

“你见过，我的宝贝，”妈妈打手语说：“你只是不记得了”。

“我喜欢他吗？”

“你……呃，那时候你太小了，还没主意呢。”妈妈回答。

“他会好吗？”

“我们希望会好。不过他现在身体很糟糕。”

“他明天会好吗？或者后天？再或者大后天？”

“别再问愚蠢的问题了，”索普嘟囔道。点点茫然地望着她，想读懂唇语。“别再问愚蠢的问题了，”索普又说了一遍，故意让嘴唇动得更快。

“苏菲……”妈妈警告她。

“爷爷会好的，宝贝儿。”爸爸用手语回答。他的手势又慢又笨拙。“爷爷在医院，但是他现在情况稳定。”

妈妈搂住点点，用鼻子蹭了蹭她的头顶。“别担心。”

“我也很担心，”索普突然说：“要是他死了或者发生什么事怎么办？”

爸爸叹了口气：“别这么夸张。”

我看了一眼落地钟。离聚会开始还有四十五分钟。我开始吹口哨了。一般我从不吹口哨。我把自己的盘子送到洗碗池的时候，妈妈疑惑地看了看我。我光着脚，踩在地板砖上凉丝丝的。

“你要去哪儿？”她问。

我不敢看她：“准备好啊。”

“准备好干吗？”

我把刀叉放进水里，盯着洗碗池里的泡泡：“去麦克斯家参加聚会。”

“什么聚会？”妈妈问：“什么聚会，佐伊？”

我转过身说：“爸爸说过我可以去！”

妈妈瞪着爸爸，他正用手指蘸着盘子里的番茄酱吃，又把盘子舔了个干净。“哦，她一整天都很乖。”这反应比我想要的还要好！我不得不克制住跑过去亲亲爸爸的冲动。

“你准备跟我说这事了吗，西蒙？”

“我不必做每一个决定都通过你啊。”

“噢，那从今以后就是这样了，是吗？”妈妈突然发火了。“你来做决定——做些可笑的、影响全家的决定，还不考虑——”

爸爸的脸气得通红。“别再开始这样了，简。别在孩子们面前这样。”

妈妈大声呼了一口气，不过她不再提这个话题了。我来到厨房门口，看到点点捡起一颗绿色的豆子，用投标枪的姿势把豆子扔到了自己的盘子里。

“奥运会冠军！”她比画着“还有铅球冠军！”她又抛出一根胡萝卜，结果胡萝卜碰到索普的胳膊肘弹了出去，落在了盐罐子旁边。

“妈妈，你管不管她？”索普抱怨道。

“别玩了，你们俩！”爸爸呵斥道。

“你干吗骂我呀？”索普突然爆发了。

“算了，索普。”妈妈说。

“这太不公平了！”索普哭起来，一甩手不小心碰到了一个玻璃杯。杯子划过餐桌，黑醋栗果汁洒得到处都是。爸爸咒骂起来，妈妈则跳起来赶紧去拿抹布。

“那我能走了吗？”我问道。

“不能！”妈妈说。

“可以！”爸爸同时说。

他们怒视着对方，黑醋栗果汁开始滴在地板上。

“好吧！”妈妈厉声说：“但是我会在十一点去接你。”

在妈妈改变主意之前，我赶紧从厨房出来，一步两阶地跑上楼，冲进卧室。当然，卧室很整洁，因为妈妈要求我要保持卧室整洁。我的衣服都整整齐齐地挂在衣柜里，紫色的羽绒被也摆放得笔直笔直的。同色系的紫色台灯放在床头柜的正中间，床头板上的架子上，书也堆放得整整齐齐，所有的书名都朝向一边。只有我的书桌显得杂乱无章。几页《怪物比兹尔》铺满了桌面，即时贴贴满了布告板，上面用圆珠笔潦草地写着各种人物细节和剧情转折。

我有生以来还从没这么快就做好准备，穿上一条黑色牛仔裤、一件上衣就好了。我真应该洗洗头，但是哈里斯先生，没时间了，所以我就把头发往后一拢，胡乱扎了个马尾，戴了一对耳环就好了。这对耳环一点也不花哨，也不像少女风格，只是一对简单的银环。跑出卧室之前，我蹬上一双平底鞋，然后就跳进了爸爸的车。

还没到地方，我们就听到了屋内传出的声音，音乐响得震天，重重的节奏在空气中颤动。爸爸在一排连体别墅旁边停了下来。这排别墅矮小又简单，如果我给点点一支蜡笔、一张纸的话，估计她画出来的房子就是这样。上面两个窗户。下面两个窗户。前门位于正中间，还有一个又长又窄的花园，里面只有一棵树、一个露台和一小片草坪。

啤酒瓶形状的气球在远处摆动，银色的带子系在这排别墅最后面那扇大门上。我爬出车子，可能是脸色发红、口干舌燥，因为我记得当时自己一直努力吞咽，而且没有痰。

“乖一点啊？”爸爸瞥见气球，对我说。“我今天可是再也受不了什么刺激了。”

他听起来真是烦透了。我转身把头伸进车窗问：“你还好吗？”

爸爸打了个哈欠，闪过一丝受够了的表情。“我会好的。”

“爷爷会好的，你知道，”我说。这是有点油嘴滑舌，但是我急着想去参加聚会。爸爸凝视着窗外，没看到一群穿着裙子和高跟鞋的女孩跌跌撞撞地走过去。那鞋跟至少有四英寸高。我突然在想，自己穿着平底鞋和牛仔裤是不是很可笑。

“他看起来那么……哦，我不知道该怎么说。那么老，我想是的。”

我盯着自己的脚，想象着这双脚在别人眼里会是什么样子。“他的确很老了，爸爸。”

“他过去常常参加马拉松。”

我抬起头来，惊讶地问：“真的吗？”

“哦，是啊。他那时候很健康。有一次只用了三个小时多一点时间就跑完了。”

“那速度算快吗？”

爸爸笑了，但笑得很伤感。“那速度很快，宝贝儿。他还会跳舞。奶奶也会。他们非常了不起。”

屋里传来的音乐声更大了。人们纷纷涌向那里——一对情侣手牵着手，两个男孩穿着格子衬衫，还有一个比我高一届的女生穿着波点裙。我的腿抽筋了。爸爸正思绪万千，而聚会就在我面前，我不想粗暴无礼，但时间正在一分一秒地过去。感觉过了足够长的时间之后，我快速轻吻了一下爸爸的脸，然后就走开了。一边走，还一边想，爷爷当初喜欢什么样的音乐，他像我一样年轻的时候跳起舞来是什么样子。

正是因为我不是僵硬、脆弱的，也没有因中风而被困医院，所以我加速跑起来，内心感恩我健康的四肢、活动的关节和我还不老这个事实。等到了最后一栋连体别墅前，我感觉自己的脉搏都加速了。前门开着，人们正纷纷进屋。我在大门前停下脚步，把气球拍向一侧，好好欣赏了一番。说实话，那屋子看起来像个全新的世界，而不是个铺着蓝色旧地毯的门厅。我的胃开始蠕动，肾上腺素也兴奋起来。我感觉自己很年轻，哈里斯先生，在这种珍贵的方式中真的很年轻。我细细品味着那一刻，然后沿着小路加快了步伐，避开了石板之间的缝隙。

“踩着石头过沙河呢？还是在跳奥运会跨栏呀？”一个我不认识的男孩正坐在花园前的长椅上，直直地盯着我。他有一双棕色的眼睛。金黄色的头发乱糟糟的，好像从来没梳过头似的。个子倒是挺高。很瘦。强健的胳膊交叉在胸前。“你在想什么呢？”他指着石缝，用压过音乐的声音问我。

我耸耸肩。“没想什么。我就是迷信。踩到缝隙会倒霉，不是吗？”

男孩转过头去。“真令人失望。”

“失望？”

“我以为你在玩游戏呢。”

“如果你想让我玩游戏，我也可以玩游戏啊，”我回答。我的声音充满自信，甚至有点轻浮，让自己都吓了一跳。一个全新的声音。

那个男孩转回头来，换上一副很感兴趣的样子。“好吧……提问。如果那些缝隙是危险的东西，那会是什么呢？”

我想了一会儿。这时有三个女孩摇摇摆摆地走进聚会，还看了看我的穿着对我假笑。“捕鼠器。”我回答，努力无视那几个女孩。

“捕鼠器？你可以幻想全世界任何东西，你却选择了捕鼠器？”

“是的，呃……”

“不是鳄鱼，不是底下放满了毒蛇的深深的黑洞。只是夹子上蘸了点干酪的小小的捕鼠器。”

我走近了一步，又走近一步，自我享受着。“谁说那只是小小捕鼠器？”我用鞋跟捅进石缝。“也许是巨型捕鼠器，蘸着有毒的奶酪，还布满长钉，能把我的脚指头都撕成碎片。”

“是吗？”

我犹豫了一下，然后笑道：“不。其实就是夹子上蘸了点干酪的小小的捕鼠器。”

有什么东西从我们头顶上飞过，飞到了树上，发出一声鸣叫。

“猫头鹰！”我叫道。

男孩摇摇头。“你又来了。”

“什么又来了？”

他叹了口气，站起身来。他的肩膀很宽，好像可以扛得起整个世界的重量，至少能轻轻松松就背起我。他穿着一条褪色的蓝牛仔裤和一件宽松的黑色T恤，把所有的缺点都遮住了。他比我还不在意装扮呢。突然之间，我有了底气，平底鞋好像在地面上浮了四英寸。

“你能看到鸟吗？”他把手搭在眼睛上凝视着那棵树间。

“哦，看不到，不过——”

“那你怎么知道是猫头鹰？也许是个幽灵呢。”

“不是鬼。”

男孩向我走来，我感觉呼吸哽在喉咙里。“但你怎么知道？也许那就是个幽灵……”

“我从鸟鸣声就知道它是只猫头鹰，”我打断了他。正在这时，那只鸟又叫了一声。我举起手指：“听到了吗？这就是那只小猫头鹰的叫声。其实是交配鸣叫。”

男孩挑起眉毛。我一定是让他感到惊讶了。“交配鸣叫，哈？”他两眼放光，我感觉自己胜利了。“再跟我讲讲这只多情的小猫头鹰。”

“哦，它是英国最常见的种类之一。它有羽毛。这显而易见。但是它的羽毛很漂亮，有一些棕色和白色的斑点。头大、腿长、眼睛发黄，”我继续说着，慢慢引起他对自己主题的兴趣，“飞起来一跳一跳地，上下起伏，有点像啄木鸟，而且……”男孩开始大笑。我也笑了起来。然后那只猫头鹰也啼叫起来，好像也开始笑了似的。

“你叫什么名字？”他问。我正要回答的时候，大门嘎吱一声响了，小路上传来高跟鞋踩在地上的声音。

“我的天啊！你真的来了！”劳伦尖叫道。“咱们喝一杯吧！”我还没来得及反对，她就抓住我的手，把我拉进屋，还在一条石缝上绊了一下。

“小心鳄鱼！”我说。从眼角的余光，我看到那个男孩咧嘴笑了。劳伦停下来，一脸迷惑。

“什么？”她问。

“没什么。”我低声说，接着也笑了。

客厅很小，铺着一条褪了色的红地毯，米色的沙发被推向一边，腾出了跳舞的空间。劳伦一脱掉外套就加入了跳舞的人群，大叫着，在空中挥舞着双手。她在屋子中间旋转，而我则从饮料桌上拿了一只杯子，给自己倒了些柠檬水。过了一会儿，我又倒了些伏特加。我用手指把酒搅匀，任音乐冲击着我的耳朵、血液和每一个器官。“啦啦啦啦啦”我的心就像那样唱起歌来。我一口气喝下了这杯酒。大家正在沙发和壁炉之间旋转摇摆，尽情跳舞，好像他们是在夜店而不是在家庭客厅一样。说实话，他们在地毯上相互摩擦的样子看起来很可笑。

突然之间，他出现了，斜靠着门框，一副被眼前的场景逗乐了的样子。他的目光遇上了我的，或许是我刚好看到了他，又或许是我们刚好同一时间四目相会。每个人都在跳舞，他摇了摇头，我翻了个白眼，我们都很清楚对方在想什么，就像……哈里斯先生，您可以想象，就像我俩的头被一根电话线连着一样。那个男孩没有向我走来，我也没有走向他，但是我们大脑之间的电缆在嗡嗡作响。

一个长着姜黄色头发的人堵住了我们的视线。但是那个男孩继续看着我，看着我，好像我值得多看一秒，再看一秒，再看一百次。在他的注视下，我的身体也感觉不同起来，不只是手臂、双腿、器官，还有皮肤、嘴唇和每一条曲线都感觉不一样了。趁那个男孩在跟他的朋友聊天，我又给自己倒了一杯酒。我的手不稳了，握着冰凉的玻璃杯直打战。我往杯子里倒了很多伏特加，还有不少溅到了桌子上。该死，我赶紧抓起一张餐巾纸来擦。擦完的时候，那个男孩已经不见了。就那样不见了。前一秒他还在门口，下一秒他就不见了。我突然感觉心如死灰，大大地叹了一口气。

我跟劳伦说了声自己要去卫生间，就立刻离开了。穿过拥挤的人群，钻过舞动的手臂，我来到门厅。他不在外面，不在厨房，也不在放满外套的衣橱。我举着酒杯，在狭窄的楼梯挤过人群，打开一扇又一扇门去找他，然而除了一个个空房间，什么也没找到。我找了楼上的卫生间。又去找楼下的卫生间，半路还加满了酒杯，这次只倒了伏特加。我扭动卫生间的门把手时，一口气把酒喝了。

把手很轻松地就转开了，里面有个滴水的水龙头和一个马桶。我凝视着镜子里自己紧皱眉头的脸，感觉自己在镜子里的映像在我视线里来回穿梭，我赶紧抓住了洗脸池的边缘。后来，我跌跌撞撞地走进了一个小暖房。里面感觉又大又凉又黑，只有月光透过玻璃屋顶洒下来。远处的角落里有个看起来很舒服的椅子，我跌坐在椅子上，头晕目眩。我屁股刚挨到垫子，就听到一个声音说：“嘿！”

我猛地抬起头，但不是那个男孩，哈里斯先生。是麦克斯·摩根。就是那个麦克斯·摩根。他正对着我笑，手里拿着一瓶威士忌。酒水溅落在他漂亮的衬衣上，他额头上渗出亮闪闪的汗珠。他的眼睛是棕色的，深棕色，短发乌黑有型，而他扭曲的笑使我失去了平衡。

“嘿，”麦克斯又说了一遍。“汉娜？”

“佐伊，”我回答。当然，我当时不是这么说的。我当时用了自己的真名，可这我不能告诉你。

“佐伊，”麦克斯重复道。“佐伊，佐伊，佐伊。”他闭着嘴唇打着嗝，慢悠悠地吐出字来。他突然指着我的胸口说：“你跟我一起上法语课的！”

“不对。”

麦克斯举起双手，差点儿跌过去。“抱歉抱歉抱歉。你就是看起来很像我认识的一个人。”

“我们已经在同一所学校一起上了三年学了。”

麦克斯完全没注意到我的语气。“是我自己热还是这地方真热啊？”他跌跌撞撞地向暖房门走去，想要把门打开。“门坏了，汉娜，门坏掉了。”

我努力站起身，转动钥匙，打开了门。“我叫佐伊。门修好了。”

麦克斯打了个嗝。“我的英雄。女英雄。好像那种药[1]的名字。”他开玩笑地假装把一个注射器放在胳膊上，然后自顾自地大笑起来。“喝吗？”他伸出酒瓶问。我伸手去拿瓶子，但麦克斯猛地收回了酒瓶向外走去。“你来吗？”

---

① 英文heroine（女英雄）发音接近heroin（海洛因）。

那天晚上很暖和，非常适合在外面坐坐。正当一阵微风吹起我的头发时，麦克斯拉住了我的手。我们十指相交，我顿感心里一紧。我在想，如果劳伦看到麦克斯·摩根的拇指正揉搓着我的手指关节，她会说什么呢。我想象着周一早上要怎么讲今晚的故事。“然后，麦克斯带我去了后花园尽头的一个石头喷泉，一只蛾子正漂浮在水面上。麦克斯用指尖轻轻地碰了一下那只蛾子，然后躺到了草地上。他一边大口喝着威士忌，一边抬头望着我，而我也低头望着他。我们都知道，一些不可思议的事情要发生了——”

麦克斯打了个嗝。

“你就这么站着吗？”

我坐下来，而他把酒瓶递给了我。多喝一口也没关系。我这样告诉自己。麦克斯每次伸出酒瓶的时候，我也都这么告诉自己，瓶口上已经沾满了口水，湿乎乎的，在月光下闪闪发光。他把一只手放在了我的腿上，我没有阻止，甚至他的手摸到了我的大腿时，我也没阻止。在某一时刻，我开始谈起爷爷，谈到他病得多严重，而他年轻的时候却是多么健康。

“我很健康。”麦克斯说着又打了一个嗝。

“我的祖父母，他们年轻的时候很了不起。”我补充说。我记得那时我已经要很努力地说清楚才不至于发音含糊了。

“我的父母也曾经了不起。以前，不是现在。他们现在连话都不说了。”

“他们跳舞也跳得很好。”我继续说着，还双手交叉握在一起解释了一下我的意思。

“我擅长跳舞，”麦克斯一边说一边使劲地点头，他的头在黑暗中上上下下地摇晃。“跳得非常好。”

“是的，你的确跳得很好，”我郑重其事地回答。“而且我的祖父母也曾经年轻。很年轻。你不觉得很怪吗？”

麦克斯又打了个嗝。他努力地注视着我的脸。“我们年轻。我们现在就很年轻。”

“对，”我说。“很对。”这是世界上最明智的对话，我因为自己伟大的智慧，可能还有一点威士忌的原因，明智地笑了笑。麦克斯靠了过来，他的鼻子轻抚着我的脸。

“你真好，佐伊。”他说。因为他这次把我的名字说对了，我亲吻了他的嘴唇。

现在，哈里斯先生，您可能对接下来要发生的事情感觉尴尬，所以在您的床上改变了一下位置吧？我敢打赌，那床一定会吱吱响，因为监狱的资金可不会优先考虑罪犯的舒适度，尤其是在还有囚犯企图逃跑的情况下。不过不是您。我想，您只是坐在牢房里等着接受您的命运吧，因为您觉得自己应该死。老实讲，某种程度上，您让我想到了耶稣。您必须忍受罪恶，他也必须忍受罪恶，只是他忍受得更多。我是说，想象一下全世界所有罪恶的总量。

如果您真能衡量罪恶，像称量自发面粉那样，把所有罪恶倒在天平上，我不知道最重的罪行是什么，但我觉得应该不是您的罪行。我猜，听过您妻子告诉您的事之后，很多男人都会那么做。您感觉内疚的时候就这么想一想吧。几个月以前，我打印了所有对种族灭绝屠杀有责任的人的名单，每当晚上睡不着觉的时候，我就数这些独裁者，而不是数羊。我想象他们跳墙，希特勒、萨达姆·侯赛因都穿着军装跳到空中，他们的黑胡子随风吹动。也许您也该试试这个办法。

希特勒在跳墙

我告诉自己，一年前麦克斯在花园里用胳膊搂住我的时候，我也不知道将要发生什么。我努力回想那一刻麦克斯是怎样轻抚过我的身体，他带我进屋上楼去他的卧室时，我又是怎样几乎连路都走不直。那房间里充满了灰尘、脚臭和须后水混合的味道。我踩到了地毯上一条皱皱巴巴的拳击短裤，这时麦克斯咔嗒一声打开灯，然后关上了门。背后一只手把我推向墙壁。我向肩膀后扫了一眼，看到麦克斯在微笑。他更用力了。我双手触摸到墙壁，跟着身体和头也都被推到墙上，紧贴着一幅裸女海报。海报凉凉的，所以我把头靠在了模特的腹部，麦克斯开始吻我的脖子。他吻得撩人，就好像如果电流也有嘴巴，那么它就会是这样的感受。

那一吻就是火花，迅速点燃了我俩，我们双手抓着对方，双唇饥渴，呼吸也越来越急促。麦克斯把我扳过来，把舌头塞进了我嘴里。他双臂环抱着我的后背，把我从地毯上抱了起来。我的双手紧紧抓着他的肩膀，感觉头晕目眩，蓝色的窗帘、白色的墙、空荡荡的书桌、乱糟糟的床全都突然朝我们倾斜过来，我俩一起倒在了床上。

麦克斯压在我身上，他的目光灼热又专注，急切地低头开始吻我。他的嘴唇拂过我的脸颊、耳朵、锁骨，一路向下滑过我的皮肤，同时他掀起了我的上衣。我没穿胸罩，所以我的双乳就那样裸露在了一个男孩的卧室，苍白的、尖尖的乳房，麦克斯呆呆地盯着。然后他开始抚摸。一开始是轻柔地摩挲，后来就越来越用力，他无疑知道自己在做什么，而那感觉很棒，我开始呻吟。麦克斯的嘴唇找到了我的乳头，我开始闭上眼睛。哈里斯先生，我今晚就写到这里吧，因为我明早还要上课，而且我的脸已经红透了。

信不信由您，那只蜘蛛还在那里，盯着小屋窗外的黑暗和点点银光，如果您问我怎么会这样的话，我会说它一定是睡着了，因为宇宙虽然神奇，但我不相信有什么生物能盯着一个地方看那么久而不觉得厌烦，除非他们是史蒂芬·霍金。我想知道，您在牢房里能看到天空吗？您是否也会想到银河系，想到我们在这宇宙的无穷无尽之中只是多么渺小的一个点？有时候我会在脑海里描画位于这个城市边缘郊区的我的家，然后把画面拉远观看这个国家，又拉远些观看整个世界，再拉远些观看整个宇宙。那里有炽热的太阳、深邃的黑洞和流星，而我就在这宇宙中渐渐消失了，我所引起的麻烦也只不过是宇宙大爆炸中一个微小的波动。

那天麦克斯的聚会之后，妈妈的车里倒是发生了宇宙大爆炸。不知怎的，我11点的时候还是出来了。我很快就清醒了，但是满身的酒气却是藏不住的。当然了，妈妈闻到酒味立即就发怒了。我不记得她具体说了什么，但是她大声说着什么失望，又生气地说着什么信任之类的话。回家的路上，她大喊大叫地训斥了我一路，我的头都要爆炸了。回到家后，爸爸也开始教训我。但是他们终于打发我去睡觉时，我把头埋在枕头下面，偷偷地笑了。

那个棕色眼睛的男孩。他到底是谁？去了哪里？我还会见到他吗？还有麦克斯。我们在学校见到对方时会怎样？他会吻我吗？在回收站后面老师看不到的地方？我转身躺着，惊叹于同时拥有两个可能对我感兴趣的男孩，而几个小时之前，我还一个都没有，想着想着，我慢慢进入了梦乡，我发现自己竟然很感谢爷爷。就是因为他中风，我才能去参加聚会的。哈里斯先生，虽然我也有麻烦，而且很可能这麻烦会伴随我一生，那时我却禁不住把它看作我的好运。

来自：

佐伊

9月2日

于 巴斯 费克申路1号

亲爱的哈里斯先生：

这一次我终于不用忍受那箱瓷砖的凹凸不平了，因为我踮着脚尖从家里溜出来时带上了我的枕头。我把枕头放在瓷砖箱子上，这就舒服多了，虽然有点潮湿。我在梦里一定是出了不少汗，梦里的雨、树林，还有那只正在消失的手都显得那么真实。我相信，您也很熟悉这种情景，所以我不需要喋喋不休地描述那个梦有多可怕。您可能一直都做噩梦，比如卫兵熄灯之后，我想您会立即回想起您妻子告诉您事实的那一刻。

想想也是可笑，并不是您妻子让您被判了死刑。我一开始也不理解。绝无冒犯，但是捅死与您结婚十年的妻子听起来要比开枪打死因为过圣诞而拿着甜馅饼来串门的邻居糟糕很多。然而，我在谷歌上看到那篇文章（仅供参考）谈到了激情犯罪。您攻击妻子的时候，头脑已经不清醒了。您被愤怒蒙蔽了双眼，气得发疯，我敢打赌，在您眼里，您妻子简直是淫荡不堪，这应该是合适的描述。因为人们就是把有婚外情的女人叫作淫妇。

在使用美国法律的法庭上，出于愤怒所采取的行为并没有蓄意杀人那么严重。第二天早上邻居来敲门，您没去开，她就自己开门走进了您家。如果您问我，我会说她很没礼貌，但是我猜，子弹把她的脑袋炸坏了，那时她就已经吸取了教训。向潜在证人开枪可是要算数的。根据陪审团的意见，您扣动扳机并且把她的馅饼喂狗的时候很清楚自己在做什么。潜逃了三天之后，您终于受不了强烈的负罪感，所以自首了。

有时我想如果我也自首，可能会好受些。一回到学校，我就越来越难装下去了。现在他妈妈也在四处打探。我拿着手机上着语文课，您不说我也知道不该看手机，但是我还是看了时间，多希望快点到午餐时间，那样我就可以和劳伦一起逃走。我们已经习惯抓起三明治就从众目睽睽之下躲开，躲到这间装满铜管乐器的房间的音乐角。她坐在一个小号箱子里，我背靠着墙，脚踩着一个长号。我们不会说很多话，只是抱怨一下黄瓜泡得太湿，西红柿太硬，或者鸡肉太老。

语文课还有五分钟才下课，手机屏幕上显示的时间突然不见了，被一个名字所取代。

桑德拉 桑德拉 桑德拉

我的手机咔嗒一声掉在了桌子上，弹了两下，然后滑到了铅笔盒旁边。

桑德拉 桑德拉 桑德拉

“没事吧，佐伊？”

我跳了起来。麦克林女士从黑板旁边转过身问我。我甚至都不会点头了。一个满脸雀斑的男生开始大笑。

“闭嘴，亚当！”劳伦在教室的另一边喊道，因为我们是按照字母顺序排座位的。哈里斯先生，她的姓是W开头，而我的是J开头，我认为这也不算说的太多。那个男生闭上了嘴巴，但是继续假笑。其他人也笑了，还相互推搡，朝我这边指指点点。

“出什么事了，佐伊？”麦克林女士问道。她透过眼镜上缘看着我，友善的蓝眼睛里充满了关切。

“我没事。”我终于回答。

桑德拉 桑德拉 桑德拉 桑德——

她发来一条信息。下课铃一响，我趁劳伦还没来得及问怎么回事就赶紧躲进了女厕所。我的心怦怦直跳，瘫倒在马桶上，各种画面在我脑海中旋转——警察、监狱、橙色的连体裤、法庭，还有大写着“有罪”的报纸头条！桑德拉已经意识到了五月一日的事实真相，我确定。慌恐从我的指尖开始，一路蔓延到双臂、胸口，直到头皮，拔起我的发根。

“有人吗？”一个人敲着厕所门问。

“有。”我一边用颤抖的手指握着手机，一边回答。

“快点儿！”那个女孩说。我点点头，虽然她看不到我。在能改变主意之前，我一边按下了冲水按钮，一边点开语音信息。

信息开头有个停顿。一个很长的停顿。我闭上眼睛。最终听到了桑德拉的声音。她的声音安静、低沉而沙哑，满是犹豫不定，句子也断断续续。她让我有空的时候去找她。我睁开一只眼睛。她觉得见见面对我俩都好。我睁开了另一只眼睛。她说，她没有一天不在想我过得怎么样，在挂断之前，她说如果我能时不时地去她那里走一走，那将非常重要。

“没有其他人真的……能懂，是吗？人们……哦，他们毫无线索。”

不用说，我没给她回电话，而是直接把信息删除了，然后把手机放在我的包最底下，埋在历史课本里的几千年之下。我在音乐教室看到劳伦时，她递给我一个三明治，然后琢磨着我的脸，不过她没问我为什么不吃，只是评论了一下鸡肉比平常还老。

来自：

佐伊

9月17日

于 巴斯 费克申路1号

亲爱的哈里斯先生：

抱歉这么久没联系您，但是我最近一直在挣扎，甚至搞砸了植物繁殖考试。别以为我是在回答关于郁金香落在花圃里弄脏了的问题，因为考试并不是那样的，事实上比那有趣多了，至少对我来说是，因为我喜欢科学。不是吹牛，如果不是在我复习那晚爸爸走进了我的房间的话，我应该能得满分的。

爸爸说他在超市买菜时遇到了桑德拉，她眼含泪水，但并不是被洋葱辣的。

“她很想见见你，”爸爸说，而我则盯着生物课本，希望他赶紧闭嘴。“她说她打了好几次电话给你，但是你都没接。”

“那她不该在我上课的时候打来呀，”我含糊地说，而后感觉很糟糕。那不是桑德拉的错。我把笔的一头摁进一朵花的图案。迫切地想让爸爸离开。

“她看起来糟透了，”爸爸一边继续说，一边坐在了我的床边上。“真糟糕。”我退缩了，内疚感真的让人很痛苦。“她瘦了很多。简直皮包骨头了……”

“好了！我知道了！”我一边厉声说，一边把笔抛到了地毯上。

爸爸摆弄着被子边缘。“我只是以为你也许想知道，你并不是一个人，宝贝。就是这样而已。我什么也不该说的。”爸爸重重地站起来，揉了揉我的头顶。“如果我能替你承受，我会的。”他低声说。讲实话，如果能把我的痛苦装进他的胸膛，我愿意付出任何代价。而想要这么做是件可怕的事情，所以我开始哭了。我不值得拥有和睦的家庭、朋友，甚至不值得拥有您这样的笔友，这也就是为什么我好久没有写信的原因。

但是今晚我意识到，没有我的信，您在牢房里可能会很孤独。绝无冒犯，不过在我想象中，您在死囚牢房应该没有多少朋友，就像我确定，那不是什么适合交际的好地方，没有人会在那里讲着笑话，透过牢房的铁窗击掌。也许您已经开始依靠我了，就像我也开始依靠您了一样。也许我们彼此需要，所以跟您讲讲我的故事，我也不应该感觉太糟，而且我迫切地想把故事讲出来，因为它在我的内心吞噬着我，让我痛苦不堪。而您是这世界上唯一可能理解的人。我一秒也不能等了，所以我要直接从麦克斯的聚会次日早晨、我躺在床上，饱受人生首次宿醉之苦、发出各种噪声那一刻开始写。

第三章

惊喜！惊喜！我有生以来病得最严重的就是这次了，妈妈竟然没有在意。她猛地拉开我的窗帘，阳光像一记亮黄色的重拳打在我两眼之间。

“起床，”她命令道，同时打开了我的窗户，窗外可以看到后花园。“洗澡。吃早饭。除尘。”

“除尘？”我用嘶哑的声音问。

“然后吸尘。你可以把浴室也打扫一下。”我用被子蒙住了头。妈妈又把被子拉回去了。“你竟然喝酒，佐伊？你当时想什么呢？”

“我没想喝。我也没喝那么多。”

“在你的年纪喝多少酒都是不可接受的。完全不可接受。这对你来说是很重要的一年，佐伊。是你普通中等教育的第一年。课程作业很重要。你知道，你爸爸和我都对你期望很高。没有什么郁闷的理由，”她说着，而我已经把脸拉下来了。我讨厌关于学校的谈话。真的非常讨厌。“你也许很聪明，但是如果你想学法律，那你就必须得高分。”我瞄了一眼书桌上的《怪物比兹尔》。“写作挣不了钱，”妈妈肯定地说。“而法律能。我们已经谈过这个话题了。你也同意我的观点。”

“我知道，”我咕哝着，虽然这不是真的。一提到职业，妈妈就是这番话。不管妈妈说什么，反正都是随声附和比较容易，因为她所付出的这一切努力，所以我总感觉好像自己欠她的一样。

“好，那么，你必须努力学习。别把你的机会扔进下水道。”

“就是几杯酒而已，妈妈。我不会再那么做了。”

“你不会有机会再那么做！”她说着，把我的牛仔裤从地毯上捡起来，挂进衣柜。“你要被禁足两个月。我还要没收你的手机。”

我一个小时都没动。实际上，我是动不了。即便是抬头喝杯水都让我觉得恶心。爸爸告诉点点我得了流感，所以她穿着睡衣冲进了我的卧室，手里还拿着个蓝色硬纸板做的皇冠。她还在皇冠前面写了“早日康复”几个大字，不过她拼写时少写了一个字母o，所以变成了“恢复健康，儿子[①]”。她自己头上还戴了一个用粉色纸板做的大一点的皇冠。我把我的皇冠戴在头上时，她咧嘴笑了。

“现在我们就是世界和宇宙的国王和王后，”她用手语说。

我鞠了一躬，掀开被子。“进来，陛下。”点点爬上我的床，

① “Get Well Soon”意为“早日康复”，“Get Well Son”意为“恢复健康，儿子”。Soon与Son在拼写上只差一个字母o。

我们相互依偎着，过了很久，皇冠上的尖刺就那么翘在枕头外面。最后，我穿着睡衣拖着身子在房间里干活，终究完成了任务。擦洗浴室的时候，我的思绪在那两个男孩之间不停跳跃，所以我在马桶内侧用黄色漂白剂画了两颗心。

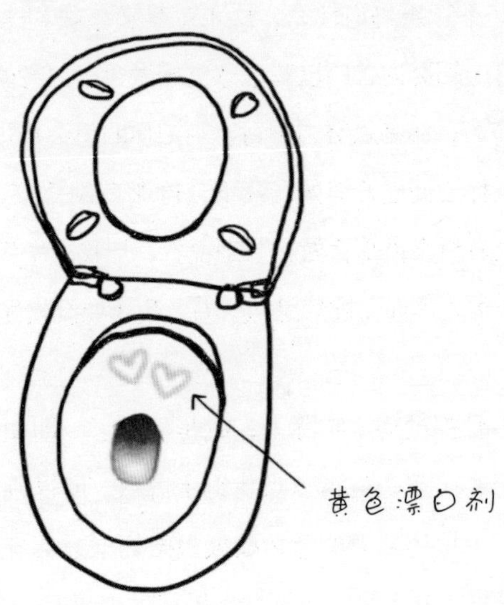

冲水的时候，马桶里起了很多泡沫，恰好和我的感受一样，我兴奋的心情也像那些泡沫一样在沸腾。我迫不及待地想告诉劳伦，想象着我给她描述与麦克斯亲吻时她的表情。也许我会在午餐时间见到他。也会见到那个棕色眼睛的男孩。我们会在吃鱼和炸薯条时会心一笑，共同闻着浓烈的盐、醋和爱的味道。

想过所有事情之后，我的心情变得特别好。爸爸妈妈几乎没和我说话，但是他们也没跟对方说什么话，无疑还在生前一晚的气。爸爸在车库里擦着宝马车，妈妈忙着帮助点点练习唇读，那是语言治疗师布置的家庭作业。

“银行，”妈妈清晰地说。“银行。银行。银行。”

“裤子？”点点打着手语猜。

索普拉着脸。她从头到脚都穿着黑色，和她的白兔子“骷髅头”一起躺在客厅地板上。她旁边放着一本数学书。妈妈坐在一把真皮扶手椅上，点点则坐在妈妈腿上。点点的眉毛在她那粉红色的皇冠下皱了起来。

“接近了，”妈妈说，但是她的前额中间出现了一道皱纹。

“我们现在能停下了吗？”点点比画着，挠着自己的鼻尖，看样子是受够了。

“我卡在第四题上了，”索普说，但是妈妈调整了一下点点头上的皇冠继续练习唇读。

索普捡起数学书，把书举到空中，她的情绪戒指上那块石头闪烁着深蓝色的光。

“求下列数字的平均值平均数[①]。平均值还怎么平均？这没有

① “mean average”和“average”都可以指“平均值”，“mean”也可以指“平均数、平均值”。所以原题的意思应该是“求下列数字的平均值”，属于主人公苏菲读题错误。

意——”

“后背，”妈妈插话。点点吸着下嘴唇，思考着。“后背，”妈妈又说了一遍。她指着肩膀后面，给点点提示。“后背。”

“后背？”点点打着手语猜，妈妈欢呼起来。

“好孩子！”她一边说，一边摇着点点的胳膊来庆祝。

妈妈亲了亲点点的脸蛋儿，点点咯咯地笑起来。索普把数学书扔到了地毯上。”

“要圆珠笔吗？”她抱怨着问，我点了点头。

她拿出一支红色圆珠笔。我俩蜷缩在爸妈卧室那个大衣柜里妈妈的一堆鞋子中间，我们总是在那里把笔当烟抽，还讨论那些需要在黑暗中讨论的事情。索普把一支蓝色的笔放进嘴里，假装在吸气。她什么也没吹出来，但还是把笔在妈妈的运动鞋里弹了三下好像要把烟灰弹掉一样。我吸了一口自己的笔又慢慢地呼出气。

“聚会怎么样？”索普问。“你喝的烂醉如泥，佐[1]。你进来的时候还打着嗝，听起来像个海豹似的。”

她大声模仿着，我用脚趾捅了她一下：“闭嘴！”

索普咧嘴笑了，她把下巴放在膝盖上，长发垂在腿两侧。“那么，到底怎么样嘛？”

“什么怎么样？”

① Zo（佐）是Zoe（佐伊）的昵称。

“喝醉，”她小声说，她的绿眼睛在黑暗中闪闪发光。

我想了一会儿。“头晕。”

“头晕感觉好还是不好呢？”

“头晕感觉不好不坏。一开始还挺好玩的，但后来我觉得糟透了。”

“你喝了什么？”

“伏特加，还有一个男孩给我的威士忌。”

“一个男——孩。你吻他了吗？”

“当然了，”我说着，意味深长地吸了一口我的笔。

“是谁？”

“一个叫麦克斯的。”

“长得好看吗？”

“很帅。而且他很受欢迎，在学校几乎每个人都喜欢他。”

“那他又为什么吻了你呢？”她傻笑道。

我又踢了她一下，不过还是决定说实话。“我不知道。他喝得烂醉。”我的内心感觉有些怪异，但还是保持了声音的随意。“他明天可能都不记得了。你知道，男孩都那样。”

她把笔扔落在妈妈的运动鞋里，开始玩弄鞋带。“总比听爸妈吵架要好。”

“为爷爷的事？”

她点点头，把鞋带打成一个大大的蝴蝶结。“他会死吗，佐？”

“在某个时刻吧。”

"你知道我是什么意思。"

"他老了，"我回答，因为我不知道还能说什么。

索普捏着鞋带打成的蝴蝶结把鞋子提起来，轻轻地敲着鞋盒。鞋子左右摇摆，好像一个钟摆。

"我认为他应该搬过来和我们一起住，"她说。"我觉得如果他都要死了，他就不应该再自己过了。"

"我们没有空房间。"

"我可以搬进来，和你一起住，"索普建议说。

"没门儿！你打起呼噜来像猪一样。"

"别呀。"

"就这样。再说了，妈妈不会让他进家门的。"那只运动鞋还在空中来回摇着。

"为什么不让？"索普问。

我把圆珠笔放进嘴里，又吸了一口，努力回想着好几年前在爷爷家的那次吵架。我还没来得及回答，妈妈就大声喊着上楼了。索普加重了一点拍打鞋盒的力气。那只鞋子摇摆得更厉害了。

"索普！"妈妈又叫了一遍。我捅了一下妹妹，但她没动。"索普！做作业啦！"

"现在她有时间了，"她咕哝着，手指放开了鞋子。那只鞋撞到了木地板上。咚得一声。

我们正要爬出衣柜的时候，妈妈走进了卧室，脱掉了拖鞋，把鞋整齐地摆在床边。她按摩着额头，躺倒在床垫上。爸爸也跟进来了，他脱掉油乎乎的衬衣，把它扔到了地毯上。

“洗衣篮，”妈妈说。

“等一会儿，”爸爸凶巴巴地说着，把裤子也脱掉了。

索普赶紧用手捂住嘴巴，不让自己扑哧地笑出声。洗衣篮盖子掀起来了。衣服扔进去之后，盖子又砰地落下来。我慢慢地向前屈身，好透过衣柜门缝看清楚一点。

“我在想……”爸爸开始说。

“现在不行，西蒙。”妈妈把奶油色的枕头拍松了，又重新躺上去。“我头疼。”

“就听我说说，行吗？”

妈妈皱起眉头说，“继续吧。”

“我们为什么不能在佐伊的问题上妥协一点呢？”索普用手指掐了下我的腿，而我在黑暗中耸了耸肩。

“你是什么意思？”妈妈问。

“哦，如果你觉得索普和点点太小了，不能去看我爸爸的话，佐伊还可以去啊。”

“我不想让任何一个女儿去看他！”妈妈严厉地说。“这是原则问题。”

爸爸坐在床上。“原则已经不再重要了。”

“你怎么能这么说？”

“你没有看到他，简。他老了。很孤独。我们已经忽视他很多年了，我——”

“他也忽视了我们！要是他没说过，我们绝不会断绝关系……要是他没有指控……那是不可原谅的。你自己都这么说过一百遍！现在你想让我忘掉，扮演和谐幸福的家庭？不，”她坚决地说。“不。我做不到。”

爸爸看起来好像要吵架了，但他没吵，而是站了起来。几分钟之后，爸爸穿上了干净的衣服，他们俩都没说话。

“唇读练习怎么样了？”爸爸最终问道。“有进步吗？”枕头发出了沙沙声，妈妈摇了摇头，看起来很担心。爸爸似乎没注意到。他穿上一只袜子，又把袜子扯掉，仔细地检查着。“有洞。散热器上有干净的袜子吗？”妈妈没回答，他又说，“不要太紧张，亲爱的。她会成功的。”

“你不了解。”

“我当然了解。如果你们继续练习，那么——”

“练习也许是不够，”妈妈用肘部支撑着身体回答。“我也在想这个问题。实际上，想了很多。”

“我知道你要说什么，”爸爸咕哝着，把那只有洞的袜子又扔回抽屉。“而答案就是不行。”

“但是为什么？再做一次手术又怎样呢？”

“我们不会让她做手术，”爸爸说，他是指那个已经感染需要移除的人工耳蜗。“点点很高兴现在这样。”

“但是手术可能有用！”

“她长大一点了可以自己做决定。”

“等她长大可能就太晚了，”妈妈争论着，转身躺在床上。

爸爸低头凝视着她。“你担心得太多了。”他屈身向前亲吻妈妈额头中间那道深深的横纹。然后吻她的鼻子。然后吻她的嘴唇。索普抓紧我的腿，厌恶地皱起了脸，但她不用担心，因为妈妈从爸爸身边转开身，面对着墙了。

那晚，我一直盯着自己的墙，因为我太兴奋了，睡不着觉。第二天闹钟还没响，我就起床了。哈里斯先生，也许您知道那种用颤抖的手指做好准备的感觉。那篇文章说，您和爱丽丝第一次约会时，你带她去吃了芝士汉堡配炸薯圈，你们一定也做了一些浪漫的事情，比如，用两根吸管共同喝一杯巧克力奶昔。那篇文章的记者说，您在18岁参加一场棒球比赛时遇到了她，那时您是投球手，她是啦啦队员，而且直到您捅死她之前的十年，您对她都是真爱。

我到学校的时候，劳伦在美术部发现了我，她跟着跑了过来。我有生以来第一次有故事可讲了，劳伦抓住我的胳膊把我猛地拉进一间空教室的时候，我差点大声笑出来。我们头上方的桩钉挂着几幅画，窗台上挤满了装画笔用的罐子。空气闻起来很湿润，夹杂着泥土的味道。也许是黏土味。

“那么你听说过麦克斯吧？”我咧嘴笑着说。我控制不住地笑了。“天啊，我非常想告诉你，洛兹[1]。我昨天就想给你打电话来着，但是我妈把我手机没收了，还让我打扫浴室。”

“怪不得你没接电话！我给你打了一遍又一遍电话。给你发了大约一百条信息。”她听起来很紧张。看起来也是。她把黑发别到耳后，不过头发太短，又掉了下来。

“怎么啦？”我慢慢问。

“你不会喜欢这个的。”她从口袋里掏出手机，一边盯着屏幕，一边用手指抠着嘴唇。“麦克斯把照片发给杰克了，”她小声说。“杰克又把照片发给了每个人。每——个——人。”

劳伦把手机屏幕转向我的时候，我瘫倒在凳子上，心一下子沉到底。

一张照片。

一张我闭着眼睛，头发披散在被子外面，裸露的乳房直对着镜头的照片。劳伦揉揉我的肩膀，用安慰的声音说：

“至少你的胸部长得不错。”

显然很不错。那之后我每次走进课堂，都有人吹口哨，那些我

---

① Loz（洛兹）是Lauren（劳伦）的简称。

不认识的男生也在走廊里盯着我看，午餐后一个高个子男生把我挡在体育教室旁边。

“你都藏到哪里去了？”他用令人毛骨悚然的声音说，我吓得打了个寒战。

我没有藏在任何地方。整整三年，我都在同一所学校，在同样的教室上课。在书上记笔记。听老师讲课。在操场跟劳伦聊天。但是突然之间，大家开始在课上盯着我，在衣帽间仔细观察我，看着我从食堂买乳酪三明治，好像我在做不同的事情。有意思的事情。

我曾经很希望大家注意到我，但不是像这样注意。放学铃声响起的时候，真是一种解脱。乌云布满天空，天很冷，所以我把脸埋进大衣里，急匆匆地走过网球场。麦克斯出现在我前面几米的校门口。他穿着一件蓝色夹克，很显他黑黝黝的皮肤。他正把一个足球踢到空中。他的书包放在脚边，脚上穿的是一双白色运动鞋，这在学校可是严禁的。他的深色短发认真地做了造型，前面有一点翘。他看起来真不错，毫无疑问，但那无关紧要。完全无关紧要，我一遍又一遍地这样告诉自己，胸口却在悸动，好像一只盲蛛被困在里面一样。一群女生放慢脚步在旁观，而我只关注着出口，傲慢地大步走过了麦克斯。

“佐伊，等等！”我快速转过身，自己的头发被甩得遮住了嘴巴。我把头发从脸上拨开。麦克斯把球放下，对我生气的样子感到很惊讶。

“你什么时候照的照片？”我一边问，一边大步走向他，不过速度不快，因为校服裙子很紧。那群女生目瞪口呆地看着我们，五个人同时张大了嘴巴。麦克斯在原地转来转去。“我不记得你有手机。”

“每个人都有手机，”他用站不住脚的理由解释说，“而且我告诉你了我在照相。放松。”他试着地笑了一下。“没什么大不了的。”

“别对我摆出高高在上的样子，”我咆哮道。“也别说谎。你根本没说任何要照相的话。”

他假笑着靠了过来，带来一股须后水和口香糖的味道。“我当然说了。只是你不记得了。你不胜酒力又不是我的错。”他挤了挤眼睛。“说实话，你喝得那么醉……”

“每个人都看到照片了，”我说，声音因愤怒而开始发抖。“全校。你怎么敢这么做？我是说，谁给你的权力？只是因为你受欢迎吗？是这样吗？你以为你想干什么就干什么？”

麦克斯鼓起了腮帮子。“不。别傻了。”

“噢，不是我傻。是你傻。你以为你可以用调情的方式就把这事儿摆平了，你以为我只是个傻女孩，万能的麦克斯·摩根朝我眨眨眼，我就该满足了。”我用厌恶的表情把他上下打量了一番。“拜托。”

他轻声说：“你生气的时候真可爱。”我带着沮丧地怒骂着离开了，但麦克斯抓住了我的手。“你瞧，那并不是我的错，对吧？”我想抗议，但他赶紧继续说：“哦，真不是我的错。我只把照片发给了杰克。他才是转发的人——”

“但你是第一个拍下来的人！”我大嚷着。“在我不知情的情况下！”

现在开始下雨了，豆大的雨滴落在我的外套上。

“我很抱歉，好吗？我会补偿你的。”

我一把抽回了我的手。“到底怎么补偿？”麦克斯的脸一下子变得柔软。他正要开口时，他的三个朋友朝自行车棚这边冲过来，淋湿的衬衣沾在他们的皮肤上。

“要求再拍一张照片吗？”杰克一边喊一边开自行车锁。

麦克斯举起双手，好像他被逮住了一样。“有罪！”

“别怪自己，老兄。她很好看啊。”

“哦，”麦克斯耸耸肩，他所有的骄傲自大一瞬间又回来了。“不错。”

他跑开之前又挤了挤眼睛。哈里斯先生，我想今晚我就写到这里吧，写到我看着麦克斯跳上杰克自行车的后座，冲出校门，他还仰天大笑。下次我要告诉您烟火节上的事儿，相信我，您会感到震惊的，不过别担心，您不用为这个故事的下一部分等待太长时间。再次跟您说这些真是一种解脱，也许您也能从中得到些什么。说实话，我为您被困在监狱、无分心之事感到心痛。我所能希望的一切就是我对死囚监狱的理解是错误的，希望您隔壁的牢房有个友好的狱友。我祈求他是一个健谈的强奸犯，还知道几个好笑的笑话。

来自：

佐伊

10月27日

于 巴斯 费克申路1号

哈里斯先生：

再次向您问好！

时钟已经变成冬令时[1]，所以现在感觉天黑提前了一小时，不过这对咱们没什么不同，因为咱们总是在天黑时说话。我想知道，因为卫兵调慢了时钟，所以感觉星星更亮、月亮更早出现的时候，您的晚饭是不是已经送到了呢？我现在开始想这个问题，相信卫兵们甚至都不在乎。我敢打赌，对罪犯们来说，下午3点、5点还是7点也

① 在英国，有夏令时（Daylight Saving Times）和冬令时（又译：格林尼治标准时间，Greenwich Mean Time）之分。夏令时是从3月的最后一个星期天开始，到10月的最后一个星期天结束。每年三月，就在格林威治标准时的基础上拨快一个小时，新的时间就是夏令时。到了十月，又在夏令时的基础上拨慢一个小时，就形成冬令时，也就是格林威治标准时。

无关紧要。大概即使是星期天也不重要吧。如果每一天的每一个小时都是一样的，我想时间就会消失。

然而，去年麦克斯的聚会之后，我被禁足，时间并没有消失。九月过得很慢，但十月更是几乎动也不动。因为照片事件骚动了一阵之后，学校又恢复了正常。如果您想知道的话，我从来没有看到过回收站后面。我也没有遇到那个棕色眼睛的男孩，生活沉重地过了几个星期，除了爸妈因为爸爸总是去医院探望爷爷而晚归的事吵了很多次之外，没有什么大事发生。一开始，妈妈都是把爸爸的饭盛好放在微波炉里，但是有一天晚上，她把饭倒进了垃圾桶。哈里斯先生，我估计这是我们开始讲的一个好节点。

第四章

“橱柜里有一罐豆子，”妈妈说，而爸爸正盯着空空如也的微波炉，两手放在臀部。他闻了闻空气，我想知道，他是不是能闻到我们之前吃掉的香辣肉酱味儿和索普想偷偷给“骷髅头”带点牛肉时溅到地毯上的牛肉的味道。

爸爸从抽屉里拿出开瓶器。“爷爷没有好转，”他叹了口气。妈妈好像没有听到，而只是近距离盯着笔记本电脑的屏幕。爸爸把豆子倒进碗里，那一瞬间，我在想比兹尔是不是要出现了，扑通一声掉出来，浑身都是蓝色，湿乎乎的，粘满酱汁。我自个儿笑了笑，想快点写完作业，那样就可以再写一章那个故事了。“大家今天过得好吗？”爸爸问，显然是想和大家聊聊天。

“一般，”妈妈咕哝了一句。

“应该比我过得好。”

“又不是比赛，西蒙。”

“我也没说是比赛。我刚碰到一个棘手的问题，如此而已。实际上，我需要跟你谈谈这事儿。”

他用力地按下微波炉上的几个按钮，看着菜开始慢慢旋转。

“我现在有点忙，”妈妈说。

“这事儿很重要。”

“我的事也很重要。”

“你在看什么？”

“没什么你感兴趣的，”她嗤之以鼻。

“如果是我想的那样，你是在浪费时间。”

“看看又没有坏处，”妈妈说着，点击了一个人工耳蜗网页，这时微波炉砰的一声停了。爸爸把碗拿出来，把手指伸进豆子里试了试。

“这东西要放进去多长时间啊？豆子还是凉的呢。”

“噢，看在上帝的分儿上，”妈妈凶巴巴地说着，站起身来，一把抓住了碗。而爸爸没放手。“你不能为自己做点事吗？”

“我没说让你做！”

妈妈猛地一拉，把碗从爸爸手里夺过来，扔回微波炉里。

“让我们单独待一会儿，佐，”爸爸低声说。“我要跟你妈妈谈谈。”

“我在学习呢，”我含糊地说了一句，头也没从作业本上抬起。我用圆珠笔敲着牙齿，显示自己正在努力思考，不想被打扰。

“就五分钟，宝贝儿。拜托了？”

“别管她了，西蒙。她在学习。”

“她可以在她的卧室学习，”爸爸回应。“快点儿，佐。”

我气鼓鼓地捡起书本，走出厨房，当然了，我做了任何一个正常人都会做的事，用一个玻璃杯顶着客厅的墙偷听，但我只能听到血液在自己大脑中打转的声音，这其实也是一种慰藉，因为我已经开始担心家里可能会出现血栓一样的症结。他们在那里待了一个小时。接下来的三个晚上都是如此。我不知道他们在谈什么。索普甚至还在门下的缝隙里塞了一根吸管去偷看，不过她只能看到地毯上的一些绒毛。

一个星期以后，事情愈发奇怪了。我放学后，发现爸爸在门厅走来走去，还放松了他的领带。妈妈正撅着屁股在鞋柜里找东西。

“你们要去哪里？”我紧张地问。爸爸从来不早回家。

“出门，”妈妈说着，套上了一双高跟鞋。

“哦，显然是出门。但是去哪里？去看爷爷吗？”

“不可能，”妈妈一边回答，一边把包放在了门厅桌子上一张关于烟火节的传单旁边。妈妈涂了点口红，爸爸踮着脚尖上下晃动。

“那你们为什么要打扮呢？”我问。

“你不用担心这个，”爸爸说。

我把外套脱掉挂在楼梯的扶手上。“但是我确实很担心。”

妈妈抿了抿嘴巴，整理了一下衬衣领子。“我们回头再解释。索普在用电脑，点点在玩布娃娃。我做了意大利面，你们饿了就吃。”她停顿了一下，看起来很担忧。“答应我，你会照看妹妹们的，如果发生什么事就给我打电话——”

“如果我答应，我明天能去参加这个吗？”我打断了妈妈，手里举着那张关于烟火节的传单。妈妈看了看传单细节。“这个已经放在这儿两个月了，”我提醒她。“学校每个人都去，而且我禁足的时间只是——”

“好吧，”妈妈说着，捡起了宝马车的钥匙。“但除非是你今晚就把作业做完。把你的领带打好，西蒙。”爸爸没理她，只顾从她手里抓过车钥匙，然后走出去把前门关上了。

哈里斯先生，我确信他们是要去见律师谈离婚的事。我瘫坐在楼梯上，感觉恶心。我清楚地知道将会怎么样。在学校，我从别人那里听说过离婚这事。爸爸会租一套公寓，每晚都吃炸鱼条，忘记买洗洁精，所以会连干净的刀都不够用，我们就只好用勺子背面抹黄油。妈妈会长胖三英石①，穿着睡衣躺在沙发上看那些关于曾经男儿变女身的纪录片。劳伦妈妈的经历就完全是这样，直到劳伦说受够了，关掉了电视，那时纪录片里一个叫鲍勃的正要展示他的新乳房。她妈妈很生气，但劳伦的行为正如一通叫早电话让她清醒了过来。她开始通过只吃蛋白质减肥，后来穿着劳伦的8码牛仔裤，开始约会一位比自己年轻的男士。

我盯着自己晾在散热器上的牛仔裤。我不能让我家里也发生

① stone：英石。英制重量单位，相当于14磅。

这样的事。我溜进父母的卧室，开始查看妈妈的床头柜，看看到底发生了什么。最上面一层的抽屉里有个珠宝盒，盒锁上挂着钥匙。查看确认没什么危险之后，我转动了首饰盒钥匙，听到一声令人满意的咔嚓声。里面有几撮用塑料票夹装着的我和索普婴儿时期的头发，我们的小手印、小脚印，还有我们在医院出生时戴的手环。点点婴儿时期的纪念物肯定在另一个盒子里，但是我没去找，因为我的注意力被一封信吸引住了。这封信装在一个发黄的信封里，压在装着我第一颗乳牙的袋子下面。

是爸爸的笔迹，不过已经褪色了。我不记得信里具体说了什么，但是有一些俗气的话，什么妈妈的金发感觉就像金色的绸缎，她的绿眼睛好像平静的岩池，她自信的样子好像闪烁的星光一般，英姿飒爽、璀璨夺目，照亮了她身边的一切黑暗。我所认识的妈妈是个成天担心E代码数、担心把红袜子和白T恤混着洗，确保我们摄入维生素的妈妈。我有点伤感，因为自己从来不了解妈妈的另一面，不过我还是把一切都放回原处，打开了第二个抽屉。

满满的全是关于人工耳蜗的东西，有网上打印的，很多很多页，还用粉色高光笔画出了重点。下面是一封银行寄来的关于再抵押的信。“再抵押”。我从来没听过那个词，但是那封信看起来很正式。感觉自己好像找到了一丝线索，我走进书房，强坐在索普的腿上。

“走开！”她大叫。我更用力地坐下，硬是抢占了电脑。“噢，天啊，佐，你太重啦！”

我找了一个中年人论坛。一个叫TeaCosy7的人说她正在考虑用它买一个露台。但是考虑用什么呢？我继续搜索。再抵押原来是一种需要资金购买大件物品或者遇到财务困难时，以房产作抵押释放资金的方式。

“财务困难？”索普在我身边偷看着问道。“谁有财务困难了？”

“我们，”我高兴地说。哦，这总比离婚好吧。

爸妈还没回家，我们就已经饿了，所以我加热了意大利面，我们在厨房吃饭。趁索普在挑拣她盘子里剩下的碎橄榄，我偷了她的手机，跑上了楼，她对着我的脚后跟挥了一拳。

我冲进浴室，锁上门，给劳伦打电话。索普从门缝下塞进来一张纸条，上面用黑体字写着我死定了，字旁边还画着一个脑袋上插着一把刀的我，又附言问，她能不能借个量角器做完数学作业。妈妈爸爸回来的时候，我正躺在空浴缸里把脚搭在金色的水龙头上聊天。

“下来，佐伊！”妈妈喊道。

“所以，答应我，如果我们无家可归了，我可以来和你一起住？”我问劳伦。

“当然了。我们可以自己创业，比如开个遛狗服务店，就叫‘狗言狗语’，因为我们将是这行做得最好的。”

“佐伊！”妈妈又叫了一遍。

“我得挂了。明天烟火节见，”我快速说。

“给我来个狗叫。”

“我得挂了。”

“除非你叫一声。”

“汪汪。”

劳伦大笑着，我挂了电话。在楼梯的平台上，我看到一道银光闪过，一个亮闪闪的身影朝我冲过来。

“你在干什么？”我气喘吁吁地问。点点从头到脚都穿着金属丝。

“我在妈妈爸爸的卧室找到了圣诞装饰品。”

我赶紧跪下来，快速手语。“你得脱下来！我应该看好你的。”

点点伸开双臂在原地转圈。“我都等不及过圣诞啦，”她比画着。“等不及见圣诞老人啦。他真的能给你带来任何你想要的东西吗？”

“是的，”我说。“但是你得——”

“整个世界的任何一样东西吗？”她紧盯着我，用手语问。

“是的。但是你得换衣服。”

点点指着自己耳朵上垂着的两个圣诞彩球。“你喜欢我的首饰吗？”

我咬着牙。“我很喜欢。但是请你去把这些都脱下来。妈妈回来了。”

点点瞪大眼睛，火箭一样冲到她的卧室，砰的一声把门带上。

我在厨房看到妈妈正在把脏碟子堆进洗碗池。

“我以为你要把洗碗的活儿留给我呢？”妈妈训斥道。

我卷起袖子。“抱歉。”

“你开始写作业了吗？”

“还没有。”

“佐伊！”

“我有整个周末可以写呢！”我一边抗议，一边把洗碗池放满了水。“我只需要做十道数学题，再写一篇语文课程作业的介绍就行了。”

“课程作业？你没说过啊！”

“只是开头第一段而已。”

“那你也不能急急忙忙地糊弄。”

“我没说我要糊弄，”我咕哝着，把西红柿和蒜酱从盘子里拨下去。“我喜欢语文课。我知道自己在做什么。”

“我会帮你的。”

“你不用帮忙，妈妈。我已经把老师说的话都做了笔记。整个练习本都记满了笔记。”

妈妈打开冰箱找吃的，我把干净的盘子放在了沥水板上。“好吧，你写完之后，我帮你检查。语文对学法律很重要。”

“语文对写作也很重要，”我说的声音很小，她没听到。

她从冰箱里拿出一些沙拉，用手指挤了挤西红柿看看熟了没有。“这个就可以了。说实话，不太饿。”

“你和爸爸要买露台吗？”我突然问。

“露台？不。你为什么问这个？”

我开始洗另一个盘子。“没什么原因。”

第二天就是烟火节了。哈里斯先生，也许我错了，但我觉得你们在美国不过烟火节，所以我现在就全面地解释一下什么是烟火节。四个世纪以前，具体说是1605年11月5日，盖伊·福克斯和他的朋友们计划炸掉议会大厦，炸死国王。盖伊·福克斯的任务就是点燃地窖里的火药。但是暗杀计划失败了，每个人都松了一口气，所以大家点起火把、举行聚会以示庆祝。传统仪式就这样保留了下来。从那以后，人们在英格兰就一直这样庆祝这个日子。11月5日，大家会在旧衣服里塞上报纸，比如《太阳报》做成盖伊·福克斯的人偶（或者如果你想让他的手脚时髦一点，也可以用《泰晤士报》），然后把人偶扔进火里烧掉。如果您问我的意见，我觉得这有点太无情了，人们吃着太妃糖苹果，而盖伊·福克斯却因为一项他没犯成的罪而被活活烧死，不过烟火节还是很好玩的，因为有很多烟花和焰火表演，还有藏在头发里好几天都散不掉的烟火味。

我们当地的烟火节在市中心旁边的一个公园里举行，所以您可以想象这里有开阔的绿地、自行车道、步道、树林和一条汹涌的河流。公园入口处有一个大铁门，爸爸把我送过来时，空气里充满了自由的味道。好吧，如果您想让我说准确点，那就还有热狗味、烟火味、棉花糖味，但是自由的味道盖过其他所有味道。

公园中央正燃着一堆篝火，橘色透红，闪烁着黄色的亮光。人群涌向篝火，犹如飞蛾扑火一般，我也是其中一员，几周以来第一次张开翅膀。劳伦坐在一个长椅上，我溜到她身后，猛戳了一下她的两肋，她吓得高声大骂“操——”，我赶紧喊嘘。所有空旷的地方都发出了这个字的回声，因为有很多空地，实际上有整个宇宙都等着我们去探寻。我在她旁边重重地坐下，我们吃着棉花糖聊天，聊了很久很久，火光把夜空都映成了金色。

因为吃糖吃的我口渴，所以我让劳伦守着椅子，自己去找水。沿着河岸一路有很多摆摊的，有卖T恤、卖首饰的女人，还有卖玩具的男人。一边是河水滔滔，烟雾缭绕，小贩们的吆喝此起彼伏，另一边，我正在寻找着饮料摊。一个留胡子的男人举着一辆红色法拉利模型，又名爸爸的梦中爱车，所以我停下脚步买了下来，因为爸爸这段时间一直为爷爷担心。

把钱递过去的时候，我看到了那个棕色眼睛的男孩站在闪闪的篝火旁边。顺便说一句，我非常清楚，写到这里，我可以让故事紧张起来，尤其是我们已经在语文课上学了如何使用短句、停顿和提示来制造悬念。问题是，哈里斯先生，这是真实的生活，不是虚构小说，所以我想反映事情到底是怎么发生的。在真实生活里，事情不是总往好的方向发展，然后到达高潮，事实上，会出现很多意想不到的转折点，毫无预警，就像爸爸撞到一条狗的那次。

在书里，无疑会有几次差点错过来预示一件事，或许是在爸爸快速转过街角时的一声狗叫，来提示读者某些坏事即将发生。而在真实生活中，爸爸从超市开车回来的路上，阳光明媚，收音机里正在播放《舞会皇后》时，他开过了一个减速带，可那原来是一条阿尔萨斯犬。在那次烟火节上，事情就是那样发生的。没有铺垫。没有预警。前一秒，我正要从饮料摊离开；下一秒，我就面对着他了，那个棕色眼睛的男孩。就是那样。

"你的车。"

"什么？"

那个人把法拉利模型伸出来。"你的车。"

我把它装进前面的口袋，但目光一直没有从那个男孩身上移开。他穿着一件胸前印着白色文字的T恤，凝视着火焰，无疑在做着什么重要的白日梦。我想象着在他头顶画一片思考的云团，自己直接跳到云团中央。我忘记了口渴。我忘记了劳伦。脉搏在加速，我匆匆走向篝火，直接推搡着往前挤，挤过一个肩上扛着小女孩的爸爸和一个带着穿格子外衣的贵宾犬的女人。火花飞溅，燃烧着的琥珀色碎片在火焰上方变为黑色。

"我该不该把他扔进去？"有人喊道。人群欢呼起来。一个人举起了戴着万圣节面具的盖伊·福克斯人偶。人偶的双腿塞在一条黑裤子里，手臂则从开衫中伸出来。"我该不该把他扔进去？"那个人更大声地喊了一遍。那个小女孩拍起手来。连那条贵宾犬都摇起了尾巴。

那个棕色眼睛的男孩打了个哈欠，扭头看向别处。我拖着步子向前走，好让自己站的位置更明显一些。此时，那个人抓起了盖伊·福克斯的一只胳膊和一条腿。他把假人扔向火堆。假人的头略过火焰，人群怒吼着，而我退向一边。

“一……”人们都伸长了脖子想看得更清楚。“二……”大家一起数起来。“三！”火光冲天。盖伊·福克斯被烧飞了。正在假人消失在烈焰中时，那个男孩从人群中转过身来，直视着我。

他T恤上的字是“拯救盖伊·福克斯”。我俩对视了五秒钟，然后那个男孩笑了。

“嘿。”只是这一个字的简单问候，我却感觉飞上了天堂。篝火慢慢变小了。人群也逐渐散去。宇宙的中心只剩我和那个男孩，四目如炬。

“上衣不错，”最后我说。“我为盖伊·福克斯感到难过。”

“尽管他是个恶棍？”

“盖伊·福克斯有他的理由。也许是很充分的理由。”

男孩的眼睛闪闪发光。“有充分的理由做坏事……有意思。”

“很有意思。”我俩大脑之间的那道电缆已经烧红。我脸红了，把头扭向一边。百万英里以外，假人的面具被烧化了。

“没有什么比燃烧的烈火更能让人们亲近的了，”男孩笑着说。“也许下次我们应该把那条贵宾犬扔进去。”我也笑了，这条狗正在那时汪汪叫着，格子呢衣服里满是凶猛的绒毛。男孩摇摇头。“也许它是苏格兰犬呢。如果是苏格兰犬，我会饶了它的主人。你叫什么名字？”他突然问。这次我告诉了他。我名字的这两个音节从我嘴中说出感觉新奇而闪亮。“比‘鸟姑娘’好听，”男孩说。“上次聚会之后，我在脑子里一直这么叫你来着。哦，叫你‘鸟姑娘’或者‘捕鼠器’。”我的心跳加速。加了一千倍的速度。他也在想我。

“我猜你也不是‘那个棕色眼睛的男孩’。”

“那是我的中名。我叫艾伦。”

我还没来得及说别的，一只手搭在了艾伦的肩膀上。

“嘿！”一个女孩说。这一个字让我坠回了地球。她留着火红色的长发，身穿炭黑色的外套。她朝艾伦微笑，那微笑即便消失很久之后还依然浮现在我脑海中。“你在这里！”他说着，把女孩拉进了怀里。她从他肩上探出头来窥视——她皮肤苍白，脸上长满了雀斑，有着整形医生会引以为豪的笔直的鼻子。

“我真的需要和你谈谈，”她用手勾住他的脖子在他耳边低语。

“当然可以，”他说的刚好跟我想让他回答的截然相反，但是当他向我表示歉意，走向火堆开始私聊时，我还是尽力若无其事地笑了笑。

我看了一眼手表。九点一刻。离妈妈来接我的时间还有四十五分钟。

四十四分钟。

四十三分……

“原来你在这儿呀！我以为你被谋杀了呢。”劳伦出现在我身边，看起来闷闷不乐。“你到哪儿去了？”

我把双手伸向火堆，假装在颤抖。“就是冷嘛。”

“你可以告诉我呀。我都冻透了。而且渴得要死，所以我就放弃看椅子了。我本来把包放在椅子上来着，可是一个老家伙一瘸一拐地走过来，意思就说‘你不能预留这个座位’，然后就开始叨叨他老婆需要休息什么的。”

“那可真是甜蜜呀。”

“那可真是发疯！他是一个人来的，我估计他是那种可以看到不存在的东西的人。你知道，恋尸癖啊，什么的。”

我偷笑。“你是说精神分裂症吧。”

“什么？”

“精神分裂症。恋尸癖的意思是，哦，你不会想知道的。”

我注视着艾伦的背影。离妈妈来接我还有四十一分钟。

劳伦摇了摇我的胳膊。

“那就来吧。”

“来干吗？”

她在原地摇晃着。“我渴了。”

艾伦双手捂着那个女孩的手，目不斜视地盯着女孩的脸。

“噢，好吧，”我说着，从火堆边转身离开，感觉有点冷，但这跟越离越远的火焰没什么关系。

排队的时候，劳伦喋喋不休，说十二个词的时间她能说十九个词。我也不完全确定这话什么意思，不过，哈里斯先生，如果您能想象她嘴巴里有十九条舌头，那您大概就能想出那幅场景了。她不停地说着那个她在麦克斯的聚会上亲吻过的上一届的男生，我尽量集中精神地听着，但是一看到艾伦在远处搂着那个女孩我就很难集中注意力。

劳伦掏钱买了一瓶水，这时一桶烟花嗖的一声飞上天空。人群叫着喊着。“哇！啊！”我想都没想就抓住她的胳膊，一起就地躺倒在草地上看烟花表演，看夜空在我们周围绽放。我指着一些蓝色的火花。

“它们看起来像蝌蚪。”

“更像精子，”劳伦说。我俩都大笑起来，因为的确如此，火花一个个摇摆着游过天空，好像要抢着去让月亮受精。劳伦用手模仿着那个动作。“游吧，精子们。”

一张脸向我们靠过来。“好啊。”

金色头发。棕色眼睛。烟花在他头背后绽放，我的心也随之绽成一片绚烂的红色。艾伦。

劳伦用手蒙住双眼。我眨了眨眼，看得更近了。原来是劳伦说的那个上一届的男生，他伸出手，把劳伦拉起来。我自己站起身来，满心失望。

“我一直在找你，”他说。“我们去河边走走吧。”

劳伦拉着我的胳膊。“除非佐伊也能来。”

我突然感觉需要独自静一静，所以赶紧说“别担心我。”越来越多的人走向火堆，但是艾伦和那个女孩却消失不见了。劳伦仔细地看了看我的表情。我睁大眼睛，表示坚持意见。“是实话。我不会有事的。再说我妈还有十分钟就要来了。”那个男孩拉起劳伦的手，而她则在我耳边啵的一声亲了一下我的脸。

现在火焰闪耀。烟雾熏得我眼睛流泪，热度也灼得我皮肤发疼。最后我走回那条长椅，看见那个老人对着空气说话。画面令人感伤，但我想这只是外人眼中的看法，我是说，那个老人看起来在很开心地跟他隐形的妻子讲述烟花是如何制作的，详细地描述着烟花是怎样被组合在一起、形成不同的颜色的。哈里斯先生，我想知道，您是否也曾这么跟爱丽丝说过话，而如果她真的出现在您的牢房，在铁栏之间飘荡、在灯泡周围徘徊的话，您又会跟她说些什么呢？也许您会道歉，我希望她会原谅，因为毕竟是她错在先。

人们一家一家地一起离开了，情侣们则蜷缩在火堆旁，即便是那个老人也有个说话的伴儿，谁又在乎他的伴儿是在他脑子里还是真实存在呢。我拖着步子走向停车场，不小心一头撞到了墙上。远处的教堂里，一只钟在发光，我叹了口气。一开始我觉得没时间了，现在却发现还有那么长时间。还有二十分钟无事可做，除了——

有声音！

一个男孩的声音。还有一个女孩的声音。

我沿着墙挪动，直到躲在灌木丛后面。我看到艾伦走向了停车场，那个留着红色长发的女孩跟在他后面。我的心一紧。他们一起走了，手搂着对方的腰，轻松地走着。一辆只有三个轮子、车顶凹陷、车牌为DOR1S的蓝色旧车停在路灯下。我透过树叶偷看着。艾伦打开车门，亲了亲那个女孩的头顶，然后她爬进了车。我的心更紧了，把所有的希望都挤出去了。

现在，哈里斯先生，您可能期待我一脚踢开灌木丛，大哭一场，或者跑进停车场，大吵大闹一番。好吧，抱歉让您失望了，但我脸上非常平静，身体也完全没动。我做的唯一一件事就是撕掉蜘蛛网，用手侧面把它一砍两半。一半蜘蛛网留在墙上，另一半挂在一根树枝上摇晃，那是全世界对我心碎的唯一见证。

车窗玻璃上雾气迷蒙。我不想去想车内在发生什么，我是说，我们都看过电影《泰坦尼克》，也许您没有，那就想象一下一只手拍在滴着呼吸、汗水和激情的玻璃上的场景。我小心翼翼地、偷偷从墙上爬下来，生怕被看到，感觉后背僵硬，双腿生疼。一切都很痛苦，整个世界都很冷，甚至连星星似乎都是恶意的，好像一个个白尖从黑暗中伸出来一样。我游荡着走回了小摊，不小心踩到一块石头，碰到了脚踝。我大叫一声，把自己吓了一跳，因为我的脚踝并不疼。

“佐伊？”一个人影离开火堆，朝我走来，黑色的背影映衬着背后橙色的火焰。我眯起眼睛望去。麦克斯出现在视线中，手里拿着一罐啤酒。自从上次谈过照片的事之后，他好几次都试图吸引我的目光，不过我都没理他。而此刻是躲不开了。他就站在我面前。“你没事吧？”

“没事。你呢？”

“冷。”

沉默。

虽然并不疼，我还是扭了扭脚，然后绞尽脑汁想说些什么。

“无云的天气总是更冷。绝缘更少。让我想起了绵羊。”

麦克斯从罐子里喝了一口啤酒。“什么？”

“绵羊。你知道的。有云的时候，世界就好像有了皮毛。所以就会暖和些。但是夜空晴朗无云，就好像地球的皮毛被剃光了一样……”我看到麦克斯困惑的表情，摇了摇头。“这太无聊了。”

他又喝了一大口。“不，不是的。”

又是沉默。一桶烟花在我们头顶上绽成繁星。

我们都盯着烟花看了很久，然后对视，然后看着地面。麦克斯清了清嗓子。

“我很抱歉，你知道，”他一边说一边踢着脚边的一块石头。他声音中的真诚令我吃惊。“当时简直疯了。”

“是啊，疯了。”

他把石头踢开，然后交叉双臂。“我把照片删了。但是并不容易……”

“忘记按钮了？”

他听到这话笑了。狡黠地笑了。歪着嘴的笑。“实际上不是。不容易删除是因为你看起来很美。”

“真的吗？”我回应，尽力让自己的声音听起来很冷漠。“你以前可不是这么说的。”

“万能的麦克斯以前说谎了。”他的眼睛瞄向我的胸部时，我不情愿地笑了。“说实话，你看起来……”

“醉了，”我接过话茬，感觉心跳加速了。“烂醉。我差点吐在你的地毯上。”

“我吐在我的地毯上了，”麦克斯说。“你走了以后，我在小地毯那里吐得一塌糊涂。除非那是你吐的……”

“不可能！”我叫道。

麦克斯在我面前摇着手指。“我觉得你在说谎。”

“随你怎么想，”我回答。这是值得一提的，我的意思是，谁知道呕吐的事也能用来调情呢。

星星看似更友善、更柔和了，由白色变得更偏金色，黑色的夜空也变成了深蓝色。麦克斯喝完最后一口，把啤酒罐扔进了垃圾箱。他斜靠着垃圾箱，两腿伸开，在脚踝处交叉。他的运动鞋鞋带在泥地里拖着。

“所以，你还愿意和我在一起吗？”他停顿了一下之后问。一枚火箭烟花射向天空。我们都瞥了一眼银色的火花。然后对视。然后这次我们没有转移目光。

“当然，”我说。“你当时是个白痴。”

“一个你先亲吻的白痴。”

“一个趁我喝醉占我便宜的白痴，”我说着向前走了一步。

麦克斯把手放在胸口。“那样的事不会再发生了。是实话。下次你不穿上衣的时候，我发誓我不会——”

“下次？！”我一边大声说一边走得更近了。“你怎么知道会有下次？”

“就是一种感觉，”麦克斯低语。他把我拉到双腿之间，狠狠地吻我。

不够狠。我用手摁住他的后脑勺，让我俩的嘴巴贴得更紧，我想到了滴着呼吸、汗水和激情的玻璃窗，想到了一些不得而知的原因。麦克斯把手伸进我的上衣，抚摸我的臀部，又抚上我的后背，他冰凉的手指抵着我的脊柱。我用舌头绕着他的舌头，把自己拉得更近，双腿攀上他的腰部。身体的摩擦让人感觉很舒服，我用从未有过的方式像猫一样弓起后背。他的嘴从我的双唇移向脸颊，又移向脖子，手指也顺着我的肋骨爬到了内衣下缘。伸进我的内衣。当那双有力的手开始挤捏时，我深吸了一口气，仰着头，睁开眼睛看到一束在天空炸开的烟花。我全身酥麻，血液跳动，但是妈妈已经在来的路上了，所以我强迫自己扭开了。

“这里不行。”我气喘吁吁地说。麦克斯把我拖向一块空闲的儿童娱乐区。我把鞋跟踩进草地。“今晚不行。我妈这会儿可能在停车场等我呢。”

“那明天行吗？”他问。我犹豫了，因为我知道自己绝不会被允许这样做的。“那后天呢？”他听起来很紧张。麦克斯·摩根。因我而紧张。劳伦绝不会相信的。

我抬了抬一侧肩膀，不能再抗拒。“好啊，干嘛不呢？”他又吻了我一下，这次轻柔多了，但是我把他推开了。“我要迟到了。”麦克斯抱怨着但还拉着我的手。妈妈在方向盘后面的样子闪入我的脑海。“别担心陪我走到停车场什么的。真的。”

“没关系。反正我也要走了。”

我松开他的手。“那你先走。我妈有点——”

“喜怒无常吗？在家一定是她说了算。”麦克斯得意地笑着，我用胳膊肘推了他一下。我们一起走了一段，然后在一棵树后面停下来。麦克斯看了一眼停车场。“如果明天我没给你打电话，就叫救护车。我哥会捎我一程，把我送回家的。他几周前刚刚通过考试。显然是第一次考试。我想他有生以来还从没失败过。但这不意味着他是个好司机。说真的，告诉你妈妈开车要小心。”

我笑着看他跑开了，慢慢跑过我妈妈的迷你车，无视一辆吉普车，然后直接着急地跑向了路灯下停着的那辆车。

一辆车窗上布满水汽的蓝色旧车。

我附身靠近，看到麦克斯拉开后座车门，爬进艾伦后面的车坐上那一刻，我的心跳都停止了。

现在，哈里斯先生，有一个叫目瞪口呆的词，而那就是描述我赶紧跳上妈妈的车时内心感受的唯一词汇。直到回到家里，我还依然目瞪口呆的，泡了杯茶结果也泡得太浓，因为我一直放茶叶包、放茶叶包，努力让自己的头脑清醒过来。兄弟。“兄弟。”也许我早该猜到是这样。他俩之间有一丝相像，而且艾伦也出现在麦克斯的聚会上，尽管他比我们其他人要大几岁。但他们也还是兄弟啊。没多少要继续下去的了。

我坐在客厅地毯上喝着茶，热气从杯子里升腾起来。我在想，那兄弟俩关系是否亲密，他们那一刻是不是正在厨房聊天、做三明治什么的。我努力想象着他们是否会选同样的三明治馅还是不同的馅，比如麦克斯会选火腿吗？艾伦会选乳酪吗？那个红色长发的女孩会选金枪鱼吗？那样的话她的呼吸就会有鱼臭味。我真想变成墙上的一只苍蝇去找出答案。

可笑的是，此刻真的有一只苍蝇在墙上。多少是吧。一只小黑苍蝇被困在小屋窗台上的蜘蛛网里，它被蜘蛛丝绑着，只能盯着花园，大概在想究竟发生了什么，它就没了自由了呢。我敢打赌，到太阳升起时，蜘蛛就会吃掉它。从天色来看，黎明不远了，所以我可能应该赶在妈妈醒来之前回到屋里去。现在时间调慢了，天提前一小时就亮了，这一定是一种安慰，斯图亚特。即便你吃晚餐时天已经黑了，你也可以在阳光中吃早餐，我希望阳光照在你皮肤上是温暖的。

来自：

佐伊 X①

11月3日

于 巴斯 费克申路1号

① 在写信或发短信时，很多英国人会用X结尾，相当于“亲亲抱抱”“吻你”，或者只是表示亲密的关系，相当于一个微笑的表情，无实际意义，用的X越多，表示关系越亲密。

斯图亚特：

你好！

别评判我，因为那真不是我的错，如果妈妈没有开始怀疑，我绝不会同意去的。我从学校回来时，她正在打电话。别问我是怎么知道她在跟桑德拉通话的，反正我就是知道，而且从她回答的那些“嗯嗯啊啊”的声音也听得出来，然后她就挂了电话，叫我一起去桑德拉家喝杯咖啡。

我当然不同意。

“我都不喜欢咖啡！”

“这有什么大不了的？”妈妈眯起眼睛问，好像要发射一道搜寻之光到我脑袋里一样。“见见她可能对你也好。而且我知道她会感激的。你喜欢她，不是吗？”

“是的。就是……我……我嗓子疼，就是这样。”妈妈把几颗止疼片塞进我嘴里，然后就带我出了门。一刻钟后，我就自葬礼后第一次坐在桑德拉的玻璃暖房里了。

“你出去得多吗？”妈妈问。

“很少，”桑德拉回答。“零星的吧。”爸爸没对她的体重开玩笑。憔悴的脸。突出的锁骨。瘦弱的手臂。她的头发也不一样了。以前是黑发带红褐色挑染，剪得很有层次，而如今已经褪色，也长得没发型了。“我在尽量保持忙碌。”

“好主意，”妈妈说。“那是唯一把你的时间填满的办法。”

“我以前从来没觉得有这么多时间，”桑德拉低声说。“那么多个小时。我可以感觉到每一分钟的时间。”

太阳出来了，照在花园里的喷泉上。我感觉看到了麦克斯正用手指戳着一只死飞蛾的翅膀。我使劲眨眼，不想看到这影像，但一睁眼就看得更清楚，然后艾伦抬头看着猫头鹰，然后麦克斯的手放在我腿上，然后艾伦认真地看着我的皮肤、嘴唇和曲线，我的脉搏在加速，胃在翻滚，正要恶心呕吐时，桑德拉问，“你怎么样，佐伊？”我要是能说出好，自己都不相信。

“她过得很糟糕，”妈妈说。“学习也一落千丈。”

“哦，他们曾经很亲密，不是吗？”桑德拉说。斯图亚特，这是一个不需要回答的反问句。“把头发剪得短成那样……”我突然站了起来。

“一切还好吗，佐？”妈妈问。我双手刺痛，感觉房间太小，校服领带又太紧。我把领带拉了又拉，但是结打得太硬了。“我们最好走吧，”妈妈赶紧说。“她不太舒服。而且我让邻居看着另外两个女儿呢。谢谢你的啤酒。”

桑德拉艰难地站起来，满脸忧虑。看到她就觉得难受，所以当她把我的头拉向她的肩膀时，我就把注意力集中在天上。

“我知道你的感受，”她说着，把我抱得更紧了。“我真的知道。任何时候都欢迎你到这儿来。”她轻轻地把我推开又用手抚摸着我的脸说："我们可以帮助彼此。"我攥紧了拳头，咬紧了牙关。正在我认为自己忍受不了她的善意，再多一秒都不行的时候，她的手放开了。桑德拉穿着一双接缝处已经裂开的旧拖鞋走向前门。她在墙上挂着的一张照片前停了下来。"你看过这个吗？"

银色的相框。

我穿着一条蓝裙子，脸比平常更红。

麦克斯和艾伦站在我两边，在春季展览会上开心地笑着。

碰碰车的车灯在背景中闪烁。热狗餐车上冒出的烟雾挂在空中。照片一角的日期显示着五月一日。

"那是……？"妈妈开始说。

"他照的最后一张照片，是的。"我脸上血色尽失，毫无神采。我甚至能感觉到，粉色从我的脖子上一滴一滴地流失，好像面部彩绘用冷水洗掉一样。"这是我最喜欢的照片，"桑德拉说。"他看起来很开心。你们都很开心。"她用拇指搓了搓我们三个的脸。斯图亚特，那一刻我夺门而出，跑到树下吐了出来。

来自：

佐伊 X

11月14日

于 巴斯 费克申路1号

斯图亚特：

你好！

冰雹正在敲打着屋顶，如果你们在得克萨斯也有这种天气，那就想象一下上天在清空它的冰箱吧。那只蜘蛛一定在想，到底发生了什么。它正撑着乌黑的腿站在它的空网中间，我有一种最奇怪的感觉，它正在看着我。也许是因为我的外套。我戴着紫色的羊毛帽子和围巾，穿着睡衣，脚上套着妈妈的徒步鞋。我是在这儿找到这些东西的，所以点点一定是在玩探险家的游戏，因为她把这间小屋当她的温迪屋游乐室了。我把爸爸的外套当作被子盖在腿上。这里感觉很安全，能够遮挡风雨和那只正在消失的手，还有桑德拉的尖叫，我今晚第一次梦到这些。

只要能忘记，我愿意做任何事情。任何事情都行。吃蜘蛛，裸身站在屋顶上，余生做成堆的数学作业。只要能把我大脑里的一切都擦掉，就像在电脑上按一个按键就能删除所有图像、文字和谎言一样就行。而谎言，在我的下一段故事中才刚刚开始。

第五章

烟火节的第二天，麦克斯本来要打电话来的。我的头发上还能闻到烟火味，心里也焦躁不安，说实话，每次我的手机一响，我的心跳一瞬间就从零跳到六十，就像我给爸爸买的那台法拉利模型加速一样快。可笑的是，我们在餐桌前吃午饭的时候（供参考：吃的是有机香肠和土豆泥）还谈到了汽车。

“今晚《疯狂汽车秀》新一季的节目就要开始了，”我告诉爸爸，他很爱在电视上看这档汽车节目。“九点整。”

“太棒了，”爸爸说，但他的声音听起来并没有那么热心。“我该现在说吗？”他问妈妈。

她喝了一小口杯子里的水说：“如果你必须说的话。”

爸爸放下叉子，把自己的盘子调整到餐垫正中间。“我们要告诉你们一些事情，”他艰难地打着手语。点点正在把大堆的番茄酱挤到自己的盘子上。我拍拍她的膝盖，指了指爸爸。她满是愧疚地抬头看了看，发现并不是因为她惹了麻烦，就更用力地挤按番茄酱瓶子了。结果红色的番茄酱喷了一桌子。

“笨蛋，”索普咕哝道。

“我们要告诉你们一些事情，”爸爸无视这一团糟，又打了一遍手语。“一些重要的事情。”

“我们不想让你们担心，”妈妈补充道，但是她两眉之间那道深深的皱纹出卖了她的话。

“你们要离婚了吗？”索普把一块香肠举在半空中间。“因为你们吵架吵得太多了？”爸爸妈妈相互愧疚地看了一眼。

“我们也没有吵那么多架，”妈妈说。

“发生什么事了？”点点也感觉到了气氛的紧张却听不见对话，就用手语问道。她的手指因为清理番茄酱染得红红的。

“爸爸妈妈要离婚了，”索普打了一遍手语。点点的双手立即捂住了嘴巴，她的刀叉哗啦一声掉在桌子上。

“苏菲！”爸爸严厉地说。“我们没那么说。”

“你们为什么要离婚？”点点焦急地打着手势，脸上沾满了番茄酱。“爸爸出轨别的女人了？”

“什么？没有！”妈妈回答。

“我们没要离婚，”爸爸说。“我失业了，就是这样。”我张大了嘴巴。我已经知道财务困难了，但是这对我来说还是新闻。点点拉了拉我的袖子，她的袖子上也沾上了番茄酱。

“爸爸失业了，”我打了下手语，努力相信这个消息。点点松了一口气，捡起了刀叉。

“你被解雇了吗？”索普问。“什么原因？你让那家律师事务所赔了很多钱吗？”

“你出轨你的老板了？”点点打着手语。

爸爸慢慢地呼出一口气。“我没被解雇。我们所和另外一家事务所合并了，所以我被裁员了。”

“你什么时候能找到另一份工作？”点点快速用手语问。“明天？后天？还是大后天呢？”

“我不知道，”他承认道。点点把番茄酱搅入土豆泥，又一团一团地摆在盘子上。

“别玩你的饭了！”妈妈用手语说。

“他们是云彩，”点点回答。

“云不是红色的，”索普用手语说。

“日出的时候，云就是红色的，”点点用手语反驳。“而且这是我盘子上的日出，香肠觉得这很可爱。”她用刀在香肠上刻出一个笑脸。

“你弄得一团糟，”妈妈打着手势。

“漂亮的一团糟，”点点开心地笑着道。她把盘子转过来给妈妈看。香肠平躺在盘子上，正对着番茄酱云朵笑。

“非常好，”妈妈说。“现在好好吃饭，那才是好孩子。”

爸爸站起身来，给大家端来剩下的香肠。

“会有出路的。法律事务所多着呢，我已经开始打电话找工作了。手头会紧一段时间，不过咱们能过得去。”

“如果不能，我们总是可以再抵押房子嘛，”我建议道。妈妈吓了一跳。“释放一些资金嘛，”我明智地点着头继续说。

“是的，”爸爸说，听起来他很受感动。“一点不错。或者你们妈妈可以找个工作，”他不假思索地说着，把一根香肠放到她的盘子里。妈妈绿色的眼睛瞪大了，能看到全部的白眼仁。

“不可能！”

“但是——”

“不可能，”妈妈又说了一遍。“我的工作在家里，这里，就是照看女儿们。是你失业了。你再找一个工作。”

爸爸盯着妈妈。妈妈瞪着爸爸。我和索普对视着。只有点点在继续吃饭，把那个微笑的香肠留到午饭最后才吃。她用手指把那个香肠捡起来，举到脸前面，郑重其事地挥了挥手好像是在告别，然后咬掉了它的头。

麦克斯午饭后没有打电话，那晚我洗澡时他也没有打电话。我穿着睡衣趴在卧室地板上，一遍遍想做法语作业，却又一遍遍没做，还不时地点开手机看看它是否还活着。手机最终响的时候，我大叫了一声。

一条信息！

我一骨碌翻过身，躺在我本该为了考试而学会的一堆法语动词上：去生活，去爱，去笑，去死。

“明天放学后去我家？”

这难以置信。简直难以置信。我眨了两次眼睛，又看了一遍信息。是的。就是这样——去麦克斯·摩根家的邀请。只邀请了我。我真想把手机丢出窗外，把他的话发送到天空。但是我没有，相反，我凝视着灯影，想努力想出一个完美的回答。我是说，斯图亚特，别把我想歪了，我是想着拒绝。必须拒绝。妈妈绝不会让我去男孩家的，一百万年后也不会。但是这个回答要怎么用词呢？说我肤浅吧，但我就是不想让麦克斯失去兴趣，即便是我更喜欢他哥哥。

我开始打字。删除。又打字。又删除。我撕下法语书上空白的一页，开始胡写乱画。我写了十七个签名，又画了一个长着巨大的前门牙的兔子，这是我唯一会画的东西。十分钟后，我找到了一个自己满意的回答。

我回复短信说，我很忙，但是我愿意下次再见他，正当我的拇指在发送键上徘徊时，落地钟敲响了九点的钟声。

“爸爸！爸爸？《疯狂汽车秀》就要开始了。”没人回答。“爸爸？”我把手机放在地毯上，走进门厅又说了一遍。书房的门下面透出一线光，所以我扭动了门把手。“《疯狂汽车秀》开始了……”爸爸正茫然地注视着电脑上的屏保程序。桌子上放着一个活页夹，打开的那一页上写满了他的笔迹。霍尔兹沃斯和儿子、曼森家族、雷顿西方。名单上还有二十个其他的律师事务所，但其中一半的旁边都画上了叉。

“《疯狂汽车秀》要开始了，”我一边说，一边摇着他的胳膊。

爸爸打了个哈欠，伸伸懒腰说：“录下来吧，佐伊。我下次会看的。我正忙着呢。”

我想他是指工作，但他移动鼠标的时候，一对夫妇的照片出现在屏幕上。在一个拥挤的、烟雾缭绕的房间，一个女孩跳进一个男人的怀抱，两条腿各一边缠在男人的腰间，而她的脚则伸向天花板。她仰着头，和我的发色一样的棕色头发扫到了男人闪亮的鞋子。男人眯着眼睛、张大嘴巴笑着，用有力的手臂托着她向地板弯腰。

“爷爷，”爸爸说。“和奶奶。他们看起来难道不是很——”

“是的，”我低声说。“的确是，”因为我就知道爸爸要说“年轻。”

并不是说他们的脸年轻，斯图亚特，事实上他们那时也没什么皱纹。这很难描述，但是是他们的某种情绪、他们的精力让人觉得年轻。你可以从爷爷额头的汗珠看出来。从奶奶脊背的弧度看出来。那并不只是跳舞。那是生活。真正的生活，想象某一刻的宽度而不是长度，想象两个人决心要填满那一刻的每一毫米。

“它会让你深思，不是吗？”爸爸说。

“当然，”我回答，然后问：“这让你想到了什么？”

“想到生命短暂。人生除了担忧还有很多别的东西。”

“还有学校，”我靠在书桌边上补充道。

爸爸轻声笑了。“啊，接的不错！小心照片，”他把我从一堆黑白照片旁拽过来。“我正在扫描这些照片。不想让它们褪色消失……”

我觉得好像他的意思是“不像爷爷”，所以我问道，“他现在怎么样？”

爸爸揉了揉鼻梁。“说实话，不好。他的记忆力已经崩溃了。上周他甚至都不记得自己曾经跳过舞了。我带了几张照片，但他把照片扔到一边，只要《圣经》和一碗草莓果冻。”

“他不知道照片上就是他自己吗？”我看着屏幕上那个一直大笑的年轻人问道。“奶奶呢？他记得她吗？”

“记得她是个老太太的样子。但是不记得过去的事了。”

爸爸听起来很烦，我悄悄走出房间，又带了点东西藏在背后回来了。

“老爸，拿着这个吧，直到你能买得起真的。”我等着爸爸说谢谢，但是他看到这个脸色都变了。他的视线越过法拉利模型看着书桌上那个律师事务所名单。所有的都画了叉儿。“我不是有意……不是因为你被裁员。那不是我——”

“它很漂亮，”爸爸打断了我，他拿起车沿着桌子推了一下，在嗓子里模仿着发动机的声音，但那是敷衍的，我俩都知道。“谢谢，宝贝儿，”他说。小车在活页夹前掉头回来停在了鼠标旁边。

爸爸用手托着下巴，又开始看照片。他点击了一下按钮，跳舞那张换成了一张在雨中野餐的，一对年轻的夫妇坐在厚厚的毯子上，照片里看不到太阳，但他们笑容灿烂。爷爷的手搂着奶奶的肩膀，他们相互依偎着，头靠在一起。

“妈妈为什么这么恨他？”我问。“我觉得他看起来很好啊。”

爸爸清了清嗓子。“她不恨他。”

“但是发生了什么，爸爸？我不明白。为什么我们不能去看他？”

“哦，当时——”

“吵架了。是的，我知道。吃麦当劳那天。但是为什么事情争吵呢？”

爸爸又清了清嗓子。“别操心那些了，宝贝儿。”

“但是我想知道。”

爸爸看起来好像要投降了，但接着，他喃喃低语道，“有一些事情还是留在过去更好。”

“比如说什么事？”我知道自己在得寸进尺，但还是问了。

“现在不是时候，佐伊。”

“但是为什么那么神秘呢？有什么大不了的？”

“你瞧，再提起这一切没什么意义，”他厉声说。“你妈妈不会喜欢这样的。”

“但是为什么？”我感觉很烦，继续说。“他到底做了什么可怕的事？”

“别说了！”爸爸爆发了。“别得寸进尺！”

我感觉受了伤，怒气冲冲地离开书房，从卧室地毯上一把抓起了手机。这时候，我看到手机的回信上写着自己不能去麦克斯家，我的拇指没有划过发送键，而是按了删除键。如果爸爸妈妈能有秘密，那么斯图亚特，我也可以。我生气地输入了两个字。

“可以。”

来自：

佐伊 X

11月29日

于 巴斯 费克申路1号

斯图亚特：

你好！

快到圣诞节了。差不多快了吧。在英格兰，所有的店铺都在11月就开始播放《铃儿响叮当》了，大小城市的圣诞装饰灯是12月1日亮灯。我在谷歌上再三搜索，但是找不到任何关于死囚牢房过圣诞节的消息，不过，我敢打赌，卫兵不会让你在牢房挂上圣诞袜的。即使监狱有棵圣诞树，在铁窗后面喝稀粥也不会感觉有什么节日气氛，事实上，我相信，每年的这个时候只会让你更痛苦。

这是桑德拉昨天告诉我的。她又打电话了。我一看到她的名字，心就沉了下去。说实话，我本来没准备接她的电话，但是我又想，她可能会打家里电话跟妈妈说，然后邀请我们去她家。我一边在响铃的最后一声接起了电话，一边在闪烁的天使灯下面从学校往回走。这听起来就好像看到上帝的信使露出了短裤，比走在教堂旁边那条主路上微弱的灯光下面有意思多了。

桑德拉说她今天过得很糟糕。我可能应该主动去探望，那样我们就可以一起追忆她死去的儿子，但是斯图亚特，我刚说过我得为蛋糕比赛去烘焙些东西。这是我唯一能想到的借口，因为我刚上完食物技能课，手上正拿着一块果酱夹层蛋糕。

“蛋糕比赛？”她重复。

我突然慌了神，感觉自己的行为听起来很可疑。

“就是普通的那种，”我赶紧说。“没有糖衣。而且可能非常干。”

“祝你好运，”她听起来不太确定地回答。“圣诞节前再来看看我吧，你会来吗？一年的这个时间让一切都更难忍受了。真的就是对他的思念。他躺在地下，而其他每个人都在……无论如何，我非常想见到你。”

“好的，我也是，”我咕哝着，尽管我无意去拜访，今天、明天、我余生的任何一天，甚至直到永远，我都不想去。

这听起来可能很残酷，但是我甚至不太了解她。如果把分分秒秒都算上，我估计在葬礼之前我们总共在一起的时间也就两个小时。她在葬礼上抓着我的胳膊，指甲嵌入我的皮肤，在棺材旁边默默地哭泣。我们第一次接触的时间很短，几乎不算接触。斯图亚特，我现在就告诉你那次见面，所以你可以想象我在学校里上食物技能课，努力做全麦面包的可笑的样子。

第六章

我从秤上抬眼看到了隔壁教室麦克斯脖子根上的棕色头发。我的心突然一跳，又砰的一声落地，震坏了大脑。所有理智的思绪都像盐一样从大脑里撒了出来，导致我都忘了添加面包混合剂了。面包烤煳了，又扁又焦，没什么可吃的了，只能扔掉。垃圾箱刚好在通往图像教室的门旁边，麦克斯一定是也看到我了。我用小刀把面包从托盘上刮下去的时候，他从设计图上抬头望了我一眼。我挥了挥手，可不巧的是，挥的刚好是那只握着刀的手，而且我太紧张了都忘了微笑。在麦克斯看来，我一定是板着脸、挥舞着锋利的武器出现在窗边，而下一秒又消失了。

劳伦觉得这难以置信。

“麦克斯家。麦克斯的家，”她反复说着，而我喜欢听她声音里的崇拜。“你今晚真的要去他家吗？”

“我也觉得我可能去吧。”我轻描淡写地说。

她围裙上沾满了面粉，问道："那你妈同意了吗？"

"并没有。"我告诉她，自己跟父母撒谎说要去图书馆为一项地理作业做一些关于河流的研究。"他们有秘密瞒着我，所以我也不觉得把一些事瞒着他们有什么错。"

"这是个滑坡谬论，"劳伦唱起来。斯图亚特，她是对的，但我只是无知地耸了耸肩说，"说个小谎不会伤害任何人。"

下课铃一响，我把书塞进书包就冲向了约好见面的自行车车棚，我在想自己到底在做什么。麦克斯家。更重要的是艾伦的家。说实话，我差点临阵逃脱了，可以想象我就像一只超市里的生禽，穿着校服，满脸恐惧的神色。但之后麦克斯就几近完美地出现了，我还没意识到，就跟着他出了校门，真希望所有其他的女生都能看到。

但不要听到。现在麦克斯清醒的时候，我们的谈话反而很生硬了。我们在烟火节上建立的信心就像吹了一口气那样轻易地消散在空中，而现在我们就是两个穿着校服的少年在细雨中漫步，没有焰火可谈。

"昨天你干什么了？"我们走到斑马线前等红绿灯上的小绿人时，我问道。

"踢足球。"

"比分怎么样？"

"我们三比二赢了。"

“你们三比二，”小绿人出现的时候我重复道。

“你为什么要挥手？”麦克斯问。果然，我正在空中左右挥着手。这是个习惯了，我总是这样来逗点点笑，我跟小绿人打招呼，假装他是个真人，有真正的工作，而不只是机器上的一盏灯。

“只是在打蚊子。”

“现在是冬天。”

“那就打知更鸟，”我开玩笑说，不过麦克斯没听懂这笑话。

我们来到他家走上花园小径时，我确保自己的脚没有碰到鳄鱼。麦克斯打开了门，我完全没必要把手放在门把手上，但是我还是放了，因为我们刚在生物课上学习了DNA，以及它是如何在你都没有意识到的情况下从你身上脱落的。我握紧冰凉的金属把手，想象着艾伦曾经握过它多少次。

“那，你进来吧？”麦克斯说着，脱掉了夹克衫，把它挂在前门旁的挂钩上。我走进门厅，甚至感觉到艾伦彩色的DNA螺旋分子

卷扫着我的皮肤，让我特别激动。

“那么，呃，你想喝点什么吗？橙汁？”他问道。我点点头，侧耳细听，想看看能不能听到屋里其他人的声音，但是除了厨房里散热器发出的声音，只剩一片安静。只有我们两个人。屋外的马路上也空空荡荡的。

“你妈妈在哪儿？”我问道，虽然脑子里想的并不是她的车。

“在上班，”麦克斯说着，在厨房里倒了两杯橙汁。厨房很小，角落里放着一张桌子，窗台上还有两盆半死不活的植物。

“那你爸爸呢？”

“不和我们一起住。”

“哦，是的。你说过了。抱歉，”我看到麦克斯的脸阴沉沉的，所以补充道。

“无所谓。我不介意。”他递给我一杯果汁。“他好几年前就离开了，所以我已经习惯了。”我一口喝完了橙汁。麦克斯也一样。我们把杯子放进洗碗池时，杯子碰到了一起，一条狗在外面叫了起来。“莫扎特。这对狗来说，真是个蠢名字。”

“应该叫它巴赫，”我笑着说。麦克斯没回应，所以我就问了问卫生间在哪里，虽然事实上我并不想去卫生间，而且在聚会时我已经知道了这个问题的答案。

“我带你去，”他说着，带我去了楼上的浴室。他盯着银色冲水按钮旁边的东西发出了一声奇怪的声音。我顺着他的目光望去，看到墙上本该挂厕纸的地方只挂着一个硬纸板筒子。“呃……我去给你拿纸。”

“不需要，”我回答。麦克斯抬起了眉毛。我根本就没打算用厕所，不过他不知道。

“你确定？”

“是的。我是说不。我需要一卷纸，”我说。麦克斯的眉毛抬得更高了。“不是一整卷，”我补充道。“就一张。”

为了以防麦克斯在听，我假装发出用厕所的声音。我偷偷冲了马桶，又打开水龙头。一块香皂已经用的还剩个50便士硬币那么大了，我想象着艾伦洗手的样子，低头闻了闻香皂。我的肺里充满了他身上的味道。我捡起那块香皂装进了我的外套口袋。斯图亚特，我现在听起来可能很疯狂，但是人们就是会做各种奇怪的事情啊，比如在一档电视节目中，人们把摄像机偷偷放在公共场所，看到一家时尚餐厅的卫生间里，一个中年妇女蹑手蹑脚地走向干手机，在热风下面神魂颠倒地说着“哦，乔尼”，好像她正在演电影《辣身舞》似的。还有一次，妈妈在点点即将出生前带我去伦敦看一场音乐剧，她就想去披头士乐队曾经过马路的一个地方，准确地说，就是披头士乐队一张唱片封面上的那个地方，这听起来像个笑话，但就是发生在真实的生活中。

那里有许多游客在路口试图躲开红色的公交车、冒着生命危险摆姿势拍照。那些游客简直头晕了，但是如果你相信的话，妈妈是他们中间最晕的一个,她环抱着一个穿着像约翰·列依的来自沃金厄姆的男人拍照。我估计那个穿着时髦套装的女人会拿起帕特里克·斯威兹的香皂，而那个来自沃金厄姆的男人会拿起约翰·列侬的香皂，所以斯图亚特，我觉得自己拿了艾伦的香皂也没那么奇怪。我相信，当你爱上爱丽丝的时候，你在你们第一次约会的晚餐后也做过一些特殊的事情。也许你从餐桌上拿了一小包番茄酱，但即使是家里的番茄酱用完的时候，你也不舍得打开它，也许现在那包番茄酱还在你的橱柜里，放在芥末和伍斯特沙司之间。无论如何，时间不等人，所以我最好快点，就像你可以想象我的手在冬天里被包裹得暖暖和和，但手滑过这封信的时候感觉信都被冻住了。可以说，在麦克斯的房间里，事情越来越严重了。他的手正伸向我校服裙的拉链，而正在此时，我听到有辆车停在了外面，嘭的一声，我突然醒悟过来。

“你要去哪里？”麦克斯抱怨道，因为我已经跳下床，整理好自己的衣服。

我假装看了看手机，然后把手机放在他的书桌上。“去要去的地方。”穿上鞋之后，我用手指梳着头，听到前门被打开又关上了。

“你别急着走嘛，”麦克斯说。“我家人接受我带女孩回家的。”

“我真的得走了，”我一边回答一边想象着艾伦看到我和他弟弟在一起的表情。有人把包放在楼梯下，打开了电视。“现在就……”

“再待一会儿吧。”他拍了拍床上他旁边的位置，然后假装打了个寒战。“没有你我感觉很冷……”

“那就穿上衬衣啊，”我说。他生着气慢吞吞地穿上了，我则在房间中间徘徊，内心迫不及待地想离开，表面上却努力隐藏。

“你真没意思，”他闷闷不乐地说着，最终站起身，我们一起走下了楼。

“是你吗？麦克斯？”有人压过电视机的声音大声问。一个女声。我松了一口气。

“不是，妈妈。是个小偷把你的东西都偷走啦，”他面无表情地说。

“哦，哈哈。好笑。在学校还好吗？”

“老样子，”麦克斯大声回答。“数学。无聊。语文。无聊。科学。无聊。”

“对学习热情看开点儿，儿子。艾伦回来了吗？”

我退缩了，然后揉了揉鼻子来掩饰自己的畏惧。

“没有。他可能在安娜家。”原来这就是那个女孩的名字。“回头见，”他对我说，因为我已经打开了前门。

“你不跟我介绍一下潜伏在我门厅里的人吗？”他妈妈大声问。

“也许下次吧，”麦克斯回答。就那样，我和桑德拉的第一次接触就结束了。

如果你是麦克斯家那条街上一个爱管闲事的邻居，你一定会非常失望，因为我们在花园里道别的时候，什么也没发生。我挥了挥手，麦克斯也挥了挥手，然后他就赶快把门关上了。说实话，这整件事情就是雷声大雨点小。斯图亚特，如果你不明白这话，那就想象一下浸了水的炸药没能引爆的画面，也就八九不离十了。

我离开他家时，月亮正挂在湛蓝色的天空中。我想说，那是一轮满月，好让那晚看起来更重要，但是月亮并不是特别明亮或者浪漫，所以我也并不知道令人惊奇的事情即将发生。令人惊奇的事情就是一辆蓝色的旧车正在教堂边等红绿灯。一只鸽子不知从哪里飞了出来，差点撞到我的头，我赶紧低头躲了一下，而当我站起身时，有人按了一下喇叭。我眯起眼睛望向耀眼的车灯，发现竟然是艾伦，顿感肾上腺素飙升。

“鸟姑娘！”他从车里叫道。“跟鸽子闲逛呢！”

“是被它们攻击，”我纠正道。

“哦，那我最好送你一程！”

我想自己甚至都没有回答，而是直接跑到了路上，那时绿灯已经亮起，一个开面包车的男人从打开的车窗里朝我生气地大喊。我一边举起手致歉，一边一头钻进了DOR1S号汽车。我还没关上车门，艾伦就加速开走了。我们尖叫着向前开，系安全带的时候，我的脸在手刹旁边，鼻子碰到了艾伦的大腿。我们开始大笑。

“停一下车吧，”我说。我两肋疼痛，脚被压在大腿下面。“我手脚发麻了！”

艾伦在一家中餐外卖店旁边停下来。我坐好了之后，他说：“嘿。”

“嘿，”我回答。一个干燥的爆竹在我俩之间的黑暗中爆炸了。他穿着一条褪色的牛仔裤和一件宽松的蓝色套头衫。他金色的头发没做什么特别的造型，但是在他的头上已经看起来非常完美了。

“那么，我们现在去哪里呢？”

去很远的地方。那是我想说的话，当时我脑袋里蹦出来的第一个想法就是“廷巴克图[①]”，不过我只是让他送我去了费克申路，因为我知道妈妈会等我的。外卖店里一个女人把门上的标志翻了过来，艾伦扭着头倒车。“营业中”。店门口的灯亮了，橱窗上一盏龙形的灯闪着绿光，让我想到了远方的冒险。我比有生以来希望任何事情都强烈地希望那辆车变成一辆魔法车，把我们一路带到廷巴克图，因为那时我以为那是一个像纳尼亚一样神秘的地方，而不是一个因为贫困和饥荒而衰败的真实的非洲城市。

“费克申路啊，”艾伦说，当然，他用的是我的真实地址，而我喜欢他知道我家地址、不需要问方向的样子。

爸爸曾经读过一本关于人类适应性的书，其中讲到我们是非凡的生物，因为我们可以适应任何事情。斯图亚特，那真是太正确了，你想想，人们可以在飞机上睡着，而不考虑在高高的云层之上

① Timbuktu：廷巴克图（一译通布图），是西非马里共和国的一个城市，位于撒哈拉沙漠南缘，尼日尔河北岸。意指遥远的地方。

飞向南美或其他地方、在地球之上几千米的地方上厕所、在海洋上撒尿是多么神奇的事情啊。而那就是和艾伦一起开车的感觉。一开始感觉是“哇”！但几分钟之后，我就习惯了，我有一种最奇怪的感觉，那个位置应该是属于我的。我们轻松地开着车走过那条长长的路，一路绿灯，就好像那家餐馆的龙灯喷出了一串宝石绿色的火焰，照亮我们回家的路一样。

艾伦瞄了一眼我的校服。

“巴斯中学？”他说。“我也是那里毕业的。现在我弟弟还在那里上学。”

“真的？”我说着，脸上露出很感兴趣的样子，但是内心却变得冰冷。肝、脾、心，一切都冻住了。

“麦克斯·摩根。你认识他吗？”艾伦左转。

“麦克斯……”我开口说，但一辆救护车在我们身后呼啸而过，警报鸣响。艾伦突然转向，一脚狠狠踩在了刹车上，有什么东西重重地撞在我头边的玻璃上。一个小小的红色身影从后视镜里晃了出来，拍打着玻璃窗。我头靠在手上，那辆救护车奔驰而过，消失在转弯处。

“好险啊！”艾伦大口喘着气。

“这是——”

“《妙探寻凶》[①]里的红小姐，”艾伦点点头。“还有《妙探寻凶》骰子。每个大学生都有那些蹩脚的、没内容的东西，所以我觉得我最好在后视镜上挂上真的骰子。另外，还有《妙探寻凶》石头。”

“你喜欢《妙探寻凶》？”

“你喜欢《妙探寻凶》吗？”

“我超爱，”我们完全同时回答，然后两人都笑了起来。

“比《大富翁》[②]好玩多了。游戏里的一切都是循环往复的……”艾伦说。

“过，继续……”

“从银行偷钱买房子……”艾伦说。他看到我一副受到惊吓的模样，抗议道：“每个人都会偷一点的。”

“我就不偷！”

“你当然偷了。”

“说实话，我真没偷！”

---

① Cluedo：《妙探寻凶》，是一款图版游戏，创作自英国伯明翰事务律师行文员Anthony Pratt。于1948年由Waddington Games在英国推出，现由美国的游戏及玩具公司孩之宝发行。游戏背景是英国的一幢大厦，图板是一幅房间位置平面图。玩家扮演一个角色，也就是大厦的客人。大厦的主人布莱克博士（Dr. Black）被发现遭人杀害（北美版是Mr. Boddy）。玩家均是嫌疑犯。最先找出凶手、凶器及行凶房间的玩家立可胜出。

② Monopoly：《大富翁》，是由大宇资讯制作以休闲轻松为主的系列pc游戏，于1989年11月28日发行。游戏默认多幅地图，以掷骰点数前进，并有多种道具、卡片使用，另触发一些“特别事件”。主要通过购买房产，收取对方的路费、租金，来导致对手破产，自己胜出。

"你从来没偷过大富翁的钱？"艾伦问。"那你真是白活了。下次我教你怎么偷。"

"好啊，"我随意地耸了耸肩。但是内心却感觉融化了，化得滴满了我每一块骨骼。

费克申路的路牌映入眼帘，那是一块白底黑字的牌子，上面坐着一只棕色的肥猫。斯图亚特，事实上，我听到现在这个小屋外面就有一只猫，在黑暗中喵喵直叫。而当时坐在路牌上那只却很安静，我们离得越近，那只猫的眼睛也显得越亮，但那一刻我不想回家，还没想回，永远也不想回。

"在这里停一下吧，"我说。

艾伦假装给司机付小费的样子，然后停到了那只猫旁边，"我们打个招呼吧！"

"什么……不……等等！"我叫道，但是艾伦已经大敞着车门，从车里出去了。

"你好！猫先生，"他一边说，一边抚摸着猫的两只尖耳朵之间的白色斑点。

"它叫劳埃德，"我纠正道。"它就住在隔壁。和韦伯一起。"

"劳埃德·韦伯，"艾伦低声说。那只猫从路牌上跳下来，用头蹭着我的腿，发出呼噜呼噜的声音。"我家隔壁有条狗，叫莫扎特。"

我点点头，就好像第一次听到一样。"他们应该叫它巴赫，"

我开玩笑说着，但是心不在焉。艾伦大笑起来，他的笑声让我既开心又难过。斯图亚特，你可以想象那些剧院里的面具挂在我肚子中部肋骨上的样子。

“真是美丽的动物，”艾伦咕哝着，那只猫窜起来，钻进了灌木丛。“你不觉得吗？”

我爬到矮墙上，微微颤抖着。“我不知道。我更喜欢狗。”

艾伦跳上来，坐在我旁边。“猫肯定更好。更自由。比如劳埃德，就能直接跑掉去探索世界。”

“但它们总是独自行动。狗更善于交流。摇摇尾巴。在周围转悠。”

“猫能爬树，”艾伦说。

“但是狗能游泳呀。而且猫会咬死小鸟，这我就接受不了。”

“你和你的鸟……”艾伦说着，把一只脚抬到墙上，把双臂搭在了弯曲的膝盖上。

“我爱鸟。比猫啊、狗啊，所有的动物放一起都爱。”

“鸟有什么特别的？”艾伦转身看着我问，好像对我的回答特别感兴趣的样子。

我想了一会儿。“哦，鸟能飞啊。”

艾伦倒吸了一口气。“真的？”

我捅了一下他的胳膊。“别傻了！我不会告诉你的，要是——”

“不，继续，”他眼神闪烁着说。

“哦，鸟能飞……”我怀疑地瞥了他一眼，但是他保持着沉默，“……这简直是难以置信，我是说，想想如果能够起飞，去任何你想去的地方。就像燕子一样。它们飞得真的好远，真是太疯狂了。”

“它们就是会迁徙那种？”艾伦问。

我坐在手上，点点头。“它们一到冬天就飞走，这些小不点儿飞过大海，毫无畏惧。他们要飞差不多两万英里，天气变暖和一点的时候，再一路飞回来。我不知道。反正这有点酷，”我弱弱地说完了。

艾伦伸出手，捏了捏我的大腿。“真的很酷，”他说。电流直击我的腿部，他放手之后还在我身体里嗡嗡作响。“那么，这周末你有什么打算？”他努力让声音听起来很随意地问。

而我更努力地让自己的回答也听起来很随意。“在图书馆兼职，整理书架。你呢？”

“写论文。真是无聊。”

“我也有大堆大堆的作业。我妈还在给我施加压力，不断地说分数多重要，如果我想学法律，就得学习多么好之类的。”

“你想学法律吗？”艾伦交叉着双臂问。

我皱起鼻子。“不是很想。但是我爸妈都是律师，所以……”

“所以怎么样？”

“哦，这是个好工作，不是吗？”

“那取决于你对好的定义，”艾伦说。“我个人觉得，我再也想不出比那更差的工作了。整天就坐在办公室里。盯着电脑屏幕，做文书工作。”

我生怕他开始觉得我无聊，所以说，“实际上，我梦想的工作是写小说。”我以前从来没有这么大胆地表达过这个梦想，一说出口立即就觉得很蠢。“并不是说我有机会做这个工作。不太可能有机会。”

“嘿，别这么说！要愤世嫉俗，你还太年轻了点。”

“不是愤世嫉俗。是现实。写作挣不了钱，”我重复着妈妈的话说。

“根据J·K.罗琳的经历，还是能挣钱的。”

我笑起来。“相信我，我的故事没有《哈利·波特》那么精彩。”

“那么你在写些什么了吗？跟我说说你的作品吧。”

“没门儿！”

“胆小如鸡。”他开始忽闪翅膀一样拍打着双肘，嘎嘎叫起来。

“艾伦，那是鸭子。”

他咧嘴笑了。“我可能不是鸟类专家，但是我还是认得出胆小鬼的。”

“好吧。我写的小说叫《怪物比兹尔》……”

“好名字。”

“……讲的是一个蓝色的毛茸茸的生物住在一个烘豆罐子里，然后有一天，一个叫莫德的男孩想吃豆子吐司，所以他打开了那个烘豆罐子，把豆子倒进碗里，比兹尔就扑通一声掉出来了，我从来没跟任何人说过这个故事，所以我希望你别做任何反应。”他照做了。不加夸张地说，他完全一动不动地坐着，连呼吸都没有。我翻了个白眼。“好吧，也许你可以有一点反应。”

“哎哟，”他呼出一口气。“我都要窒息了。”他用肩膀轻轻推了我一下。“这故事听起来不错。”

我转身面对着他，横跨在墙上，换了个话题说：“那么，你有什么计划？”

“我的计划？我没有计划。”

“每个人都有计划呀，”我惊奇地说。

“我没有。”

“那么，你大学毕业以后——”

“以后……”艾伦在空中挥着手，“……再看会发生什么。花点时间好好想想。不用着急，不是吗？”

我用手指摘着苔藓，努力描绘着艾伦三十年后的样子。严肃而疲惫，就像爸爸一样两鬓斑白。那不可能。尤其是当他站在墙上又把我拉起来的时候。我抓住他的胳膊以免摔倒。

“我喜欢爬墙，”他突然大声说。

“呃……我也喜欢爬墙，”我一边说，一边努力保持平衡。

“我喜欢冬天，我喜欢黑暗，我喜欢猫，我喜欢雨，我喜欢爬山，我喜欢坐在山顶的浓雾之中。这就是我此刻需要知道的关于我的人生的一切。很简单。而且我可以免费感受这一切。”

“但是你需要钱，”我争论道。“每个人都需要钱。”

“的确。但只要够活下来就行。也许再稍微剩一点去探险。实际上，那就是我大学毕业后要去做的事情。去某个地方。我爸爸在我十七岁生日的时候给了我一张大额支票，让我买一辆带有个性化车牌的汽车。我觉得他想的可不是DOR1S。但是这车运行良好。这样我就可以省下一些钱去做有趣的事情。”

“这很有趣。”我不假思索地说。我想知道，是不是爸爸妈妈一开始给彼此写情书的时候也是这么想的。

“是啊，”艾伦在细雨中仰着头说。“的确很有趣。”

就在我想着那晚不能更完美了的时候，一幅停车场的景象挤进了我的脑海。有两个人走过停车场，停在街灯下面，在琥珀色的灯光下彼此拥抱。

“我该走了，”我突然从墙上跳下来说，那美妙的一刻就这么毁了。“妈妈说我必须六点赶回家。”

艾伦在原地伸出双手，摆出金鸡独立的样子。“幸亏我送了你一程。要不你就迟到了。不过，你在那边干什么呢？”

“什么？”，尽管我明白他的意思，还是故意问道。我拍了拍校服裙子上的灰尘，避开他的眼神。

“你放学之后为什么会在那个城区呢？我住在那附近。”

“看望我爷爷。”我小声说着，从衣服上扫掉不存在的灰尘。

“他住在哪条路？”

我想不出任何一条街道的名字，所以直接说：“他埋在红绿灯旁边的墓地里。”

“哦，抱歉。”

“没关系。他安息了。”斯图亚特，这在某种意义上说是真的，因为坐在医院里要草莓果冻吃确实毫无压力。

艾伦从墙上跳下来。我打开了乘客车门。他肱二头肌紧绷，抓起了我的书包。他把包递给我的时候，我俩的手指碰到了一起。十秒钟后，他还在给我递包，而我的手指则因为他的彩色DNA分子而刺痛。

“那么，这就是你给我电话号码的环节，”艾伦喃喃低语。“我都不需要跟你要号码。”我的心一跳，但想到那个红色长发的女孩还是犹豫了。“或者你可以记下我的号码？你知道，就是计划抢银行的事。”

我禁不住笑了。因为自己也不记得自己的号码，所以我把手伸进包里去找手机。课本、笔、一条皮筋。我把手伸进书包角落。曲别针、口香糖、瓶盖。

“不在包里，”我困惑地说，然后大喘了一口气。

“什么东西？”

“我……我一定是把它落在学校了。”

艾伦从手套箱里拿出一支笔。他拉过我的手，把他的号码写在我的手心上，笔尖划得我皮肤发痒，一堆零、七、六、八从我的大拇指一路写到小拇指，划过吉人赛人在大篷车里算命时会解读的生命线、爱情线和所有其他手纹。黑色的墨水在月光下发亮，但我却只能看到自己的手机落在了麦克斯的卧室里。在他书桌上。手机屏保上是我和劳伦的一张合影。我抽开手，把书包放在肩膀上。艾伦的两眉之间出现一道皱纹，而我真想跳进那道皱纹里把它像枕头一样抖松捋平。

“没事吧？”他问。斯图亚特，这是一个不可能的问题，但是那晚就是那么巧，我竟然第二次因为救护车路过而不需要回答他的问题。

还是我们几分钟前刚刚看到的同一辆救护车。

那辆救护车转弯驶离了费克申路，我的路，蓝灯闪烁。

我不知道你是否也曾去过医院的等候室,但是如果你问我的话,我觉得那是全世界最糟糕的地方。那里有一张破旧的沙发，一张黏糊糊的咖啡桌，一个满溢的垃圾箱和一个空的饮水机，还有一个比病房里所有病人都要病得更严重的蔫头耷脑的植物。尽管那里有六块“禁止吸烟”的标识，还有一张画着肿瘤图像的肺癌海报，还有人把烟头按在那盆植物干旱的土壤里。海报旁边有一堆关于膀胱疾病的传单，这可以解释为什么那些护士没有把饮水机再填满。

等候室外能听到很多声音。索普艰难地站起来，推开了门，但不是妈妈、爸爸或者点点，只是几个医生脖子上挂着听诊器，身着白大褂摇摆着大步走了过去。远处救护车警报在鸣响，一个金属推车哗啦一声被推到了路面上，近处有个心脏监护器发出了哔——一声长音。我不断地祈祷着，祈祷着，那不是点点的。

斯图亚特，我确信你一定听说过第六感，那种感觉让你心神不安，就是要告诉你，你爱的某个人遇到危险了。也许你会在细胞中感觉到第六感，比如，要是你的兄弟嗓子疼，那么可能你的扁桃体也会觉得刺痛，不过我猜，你不想谈到他。好吧，我一看到救护车就开始跑了，我听到艾伦大声叫着我的名字，但是我没有回头，因为我就是突然有了第六感。果然，当我冲到我家的车道上时，点点已经不见了，而索普在哭。

妈妈坐着救护车陪点点一起去了，让索普留下。我没有得到妈妈的任何指示，所以我叫了一辆出租车，我俩就跳了上去，一路上索普都在不停地哭啊哭。

“她摔下来了，”她说着，泪水簌簌直下。“从上一直摔到下。”

“从哪里？”我小声问。

“楼梯。她就躺在地毯上，就一动不动了，然后……”这句话还没说完，我们就到了医院，一个表情严肃的护士把我们带到了等候室。

门的合叶嘎吱嘎吱响了无数次之后，妈妈出现了。她站在门口，上衣挂在牛仔裤外面。

“点点怎么样？”我问。

“她还好吗？”索普小声问。

妈妈瘫坐在椅子上。“她……”

“她怎么了？”我抓紧索普的胳膊问。

妈妈深深地叹了一口气。“她手腕摔伤了。”

“手腕摔伤了？”索普问。

“只是手腕摔伤了？”我说。

我们跳了起来，这时，门又开了。爸爸拿着一个文件夹进来了，他满脸通红，气喘吁吁，穿着那套他只在见重要客户或者参加葬礼时才穿的昂贵的黑色西装。

“我收到你的信息了！发生什么事了？点点怎么样？”

“她手腕摔伤了。”

“哦，谢天谢地，”爸爸说。

“谢天谢地？”

“哦，我看了你的信息，还以为——不管怎样，她还好吗？”

妈妈盯着自己的腿说：“是我的错。我应该看着她的。”

“你又不能一直看着她，”爸爸柔声说。“不可能一刻不停。”

“她从楼梯上摔下来了。她一定是被一些金属丝绊倒了。我不知道她为什么要把金属丝穿身上，但是她绊倒了，然后就……摔下来了。把她自己摔晕了。我叫不醒她，西蒙，她就只是躺在那里，像上次一样，几乎没有呼吸……”

爸爸在她跟前蹲下来。“不是你的错，宝贝儿。天有不测风云。”

妈妈颤抖着深深地吸了一口气，点了点头，爸爸揉了揉她的脸。“那么，你的情况怎么样？”她看着爸爸的西装问。“运气好吗？”

“进入了最后两人名单，但是他们把工作给了另外那个家伙。”

在妈妈开口前，走廊里的灯光照进了等候室。一个护士撑着门，我们看到点点手上打了石膏，脖子上还挂着闪闪发光的银色金属丝。索普第一个来到她身边，跪了下来，急切地打着手语，比我知道的她的速度要快多了。我没看清她说了些什么，不过点点点了点头，索普少见地把她拥入怀中。爸爸把点点抱起来，紧紧地抱着她，妈妈说“小心点，西蒙”，然后我们就回家了。斯图亚特，我知道这有点突然，但是有只猫正在小屋门口喵喵直叫，所以稍等一下，我要让它进来。

抱歉，不过我最好长话短说，因为劳埃德正在我腿上打着呼噜，挡住了纸，这样实在是写不成。他两耳间的白色斑点比以前更柔软了，我不断地抚摸着这块斑点，还把嘴唇也靠上去。我想告诉你，我是怎么用塑料袋把手包起来以免洗澡的时候洗掉了艾伦的电话号码，我想说我是怎样藏在被子里，把手放在耳边，假装拨打一个想象中的电话，和他在黑暗中聊天。我的话语穿过自己像电话线一样挂在空中的血管。我解释了落在麦克斯房间的手机，他也解释了那个女朋友，当然，我们原谅了彼此，然后就整晚躺在那里，在不起眼的、苍白的月光下通过手腕甜言蜜语。

来自：

佐伊 X

12月3日

于 巴斯 费克申路1号

嘿，斯图亚特：

昨天，我给你做了一张卡片，不过别担心，没有全家人吃火鸡、闪烁的小彩灯或者用不会腐蚀的石头做成的开心大笑的雪人的照片。那些节日气氛的东西感觉都不合适，所以我画了一只鸟，一

个放飞在你牢房上面的红风筝，根据谷歌的查询结果，你的牢房跟我的花园小屋大小差不多，不过你的牢房没有洒水壶、短外套和一箱坐上去凹凸不平的瓷砖，应该也没有爸爸的旧运动鞋的味道。事实上，你的牢房除了角落里有一张床垫很薄的床，另一头有个马桶之外没有什么东西。如果你问我的意见，我觉得那不是很卫生，你应该考虑给负责健康与安全的人写封投诉信，或者写一首愤怒的抗议诗。

上周，我读了你的诗《判决》，根据诗的第二节，法官裁决你有罪时，你并没有哭。你兄弟欢呼的时候，你并没有愤怒地叫喊。当你被押送去监狱的时候，你也没有因恐惧而哭泣，因为你的思想已经飘浮于整件事情之上，俯视着一个戴手铐的男人。说实话，我完全理解你的意思，因为昨天我看着一个穿黑外套的女孩在一张长方形的白色卡片上写字时，我的大脑好像也在一棵橡树旁与鸽子一起徘徊。

我们一起走向墓地时，我感觉自己并不在那里；我们把花环放下时，我感觉自己并不在那里；桑德拉把手放在大理石墓碑上，用戴着手套的手指抚摸墓碑上金色的铭文时，我感觉自己并不在那里。

“我们永远都不会忘记你，”她轻声说。斯图亚特，她念出她的花环上的那些字时，我甚至可以看到他棕色的眼睛盯着我。“永远都在我脑海里。永远都在我心里。圣诞快乐，我亲爱的儿子。”

轮到我说话了，所以我张开了感觉并不是我的嘴的嘴唇。“圣诞快乐。”棺材盖上的字开始燃烧，真相的热度从地面升起，让我脸红。

我不想去那里。要不是那天早些时候桑德拉出现在我家，按了三次门铃的话，我永远都不会去的。

“佐伊在家吗？”我在卧室里听到她的问话，顿感身体僵硬。

“呃……”妈妈吃了一惊说。“是的，是的，她在家。怎么不进来呢，桑德拉？”

“我不会逗留的，谢谢。我只想跟佐伊说说话。”

妈妈开始上楼了，我赶紧趴在地毯上，看看能不能藏在床底下。但我还没来得及藏起来，妈妈就把头从门后伸进来了。当然，我就下楼了；当然，我很有礼貌；当然，她叫我去墓地时我同意了，尽管当时我的大脑尖叫着说不，我很惊讶声音那么大她竟然听不到。

“你确定吗，亲爱的？”妈妈满脸担忧地问，我则尽力用眼神告诉她我不想去。

“她当然确定，”桑德拉回答。她更消瘦了。斯图亚特，她脸如骷髅，指如干骨，头发上染的红褐色全都没有了。“她想去看看他，不是吗？”我不敢拒绝，所以咽下口水，点了点头，感觉呼吸都很困难。愤怒充斥着我的血管，罪恶感也一同袭来。它们在我的胃里凝结，搅得胃生疼，现在我的胃部还在疼，肠子里也沉闷地抽痛。

也许，他也把真相写在了我身体里。斯图亚特，我知道这听起来很疯狂，但有时感觉就是这样，好像那些字被抓在我内心上一样，红肿、疼痛，也许甚至在流血。唯一能让那些字消失、抚平伤痛的办法，就是把它们写在这里。把这些话都告诉你。今晚我很累，但还是要写，从点点出事之后的第二天开始写。

第七章

我在门廊的台阶上保持平衡，正在为天气准备雨具时，妈妈说要送我去学校。

“最重要的是，我不想让你们感冒。”

她面容憔悴，眼睛下面挂着两个紫色的眼袋。我们冒着雨出发了，准确地说，是冒着从乌黑的云层中落下的成线的雨，而不是点状的雨。她开得太慢了，一个邻居向我们鸣着喇叭，叫我们让路。妈妈跳起来低声嘟囔着，看起来脾气暴躁，好像她昨晚翻来覆去一点儿没睡，甚至连眼睛都没眨过一样。

挡风玻璃上的雨刷刮动着雨水，轮胎轧过水坑，劳埃德沿着步道跑了过去，皮毛粘在骨头上，只有原来趴在路牌上那只肥猫的一半大了。我真想回到那堵矮墙上说“至少狗不会傻到在雨天出门”，想到心痛。我第一百次在想，不知艾伦有没有看到我的手机，他是不是跟麦克斯大吵了一架，最后打了起来。

妈妈坐得很靠前，头就在方向盘上方。点点被牢牢地绑在后座上，一会儿扮鬼脸，一会儿举起手腕，一会儿又瞄一眼妈妈，看看她注意到没有。妈妈给她放了一天假，索普抱怨说嗓子疼，也想休息一天，但是妈妈在我们出门前看了看她的扁桃体。“我看你嗓子好着呢。你体温也正常。”

我们把索普送到她的小学门口，她几乎没有说再见，就沿着车道无精打采地走了，而点点还在车窗上高兴地挥着那只本该很疼的手臂。

那天我第一次看到麦克斯是在午餐餐厅，说实话，他让我惊讶到不能呼吸。前一秒我还在正常呼吸，下一秒我的肺就停止工作了，因为他腋下夹着个足球走了进来，他的深色头发湿漉漉的。我们在队列里相互微笑，这时，打饭的阿姨叫道，“下一个！”

“一份沙拉？”劳伦见我拿起一碗叶菜放在托盘上问道。“你讨厌沙拉的呀。”

我直视着她。“不。我不讨厌。我很喜欢沙拉。”

劳伦也盯着我，完全没注意到麦克斯的存在。“在历史课上，你跟我说你太饿了，饿得要是你自己的奶奶被搅成糊状，你都能吃了她，外带一份薯条加软豌豆当配菜的啊。”麦克斯看到我苦恼的样子笑了，不过我用沙拉换了一盘合适的食物放在托盘上。

午休的其他时间，我和劳伦都坐在教室里，散热器吹着干热的热风。我们在日记上涂鸦，我告诉了她关于麦克斯的事，但是没说艾伦。我跟她讲了卫生纸的事，又夸张地描述了在门厅碰到他妈妈时的尴尬，逗得她哈哈大笑。这样就感觉不是那么针对麦克斯个人了。这听起来更像一个故事。而艾伦太私密了，不能大声说出来。聚会、烟火节、搭车的事，这一切都是在黑暗的掩护下发生的，所以很难暴露，尤其是在男生们在条型荧光灯下扔着飞盘的教室里。劳伦画了一栋房子，我画了一个笑脸，她画了一个桃心，我画了一只搞怪的狗和一只猫，它们的尾巴用一个大大的蝴蝶结绑在一起。

“可爱，”劳伦打了个哈欠，头向后倾着，嘴巴张得很大，不知从哪里飞出来的飞盘刚好打到了她的鼻子上。

劳伦跌跌撞撞地走进了护士办公室，我则在门外等着，顺手捡起了一张关于未成年人怀孕的传单。《如何告诉你父母》。我正在看这张传单时，听到我身后有人拖着脚步走了过来。我转过身，看到麦克斯瞥了一眼传单，尽管我们离那么做还远着呢，他还是惊慌地瞪大了眼睛。

“一个叫加布里埃尔的人来看我了。布莱特。大护翼。”

麦克斯看起来很困惑，然后被逗乐了。“我不是总能理解你的笑话，不过我还是喜欢你讲笑话。”

他瘫坐在地板上，伸展了腿。他的校服衬衫上弄满了泥点子，身上的须后水掺杂着青草和雨水的味道。麦克斯脱下袜子的时候，三个下一届的女生跑了过去，她们在这种无助的爱慕中紧紧抓着彼此，咯咯地傻笑着，窃窃私语。他的脚有些肿胀，所以我轻轻地摸了下他的脚，又看了一眼那几个女生。果然，她们的眼神立刻变成了匕首，而我喜欢这样的刀光剑影朝我闪来。

“那感觉真好，”麦克斯低声说，所以我又摸了一下。

“你没拿我的手机吧？”我问。“我是不是把手机落在你家了？”

麦克斯闭上眼睛，咬了咬牙。“是的。手机在我柜子里。放学后在那里见我吧？”我在他的声音里没听出他哥哥发现那部手机的信息。我仔细看了看他的脸，也没有发现瘀伤。

当然，放学铃声响起的时候，我绝对没有要吻麦克斯的意思，但是在这件事上，我没有什么选择。斯图亚特，你可以想象一张有力的嘴巴压在你的嘴上，强硬的双手把你的背推到墙上的感觉。我现在开始想，也许你已经有这样的经历了，因为很不幸的是，我听过关于男性监狱里发生的一些事的流言。即使我抗议，麦克斯的嘴唇还是强加在我的嘴唇上，我的话也湮没在两人的唾液中，但是没费多大劲，我就又能说话了。

那天晚上，爸爸妈妈又吵了一架，他们吵了一周了，在厨房里吵，在客厅里吵，在卫生间也吵。气得妈妈刷牙刷得那么用力，我以为她要把牙齿都敲掉了呢。爸爸想让妈妈去找个工作，而妈妈直截了当地拒绝了。

“但是女儿们现在已经长大了，不那么需要你了！”爸爸周六早上把这话说了二十遍，把我都吵醒了。

“看看点点都发生了什么！”妈妈在水池里大声吐了口痰回答。“我必须在家里！”

“到底是为了谁？”

“你那是什么意思？”

“女儿们都在上学，简。她们白天并不需要你，那么你坐在这里是为了谁呢？嗯？”

水龙头打开了。

“我是个妈妈，不是吗？我的工作就是在家待着！”

“你可以既当妈妈，也在办公室工作。尤其是兼职工作。你不需要一天的每一秒都在这儿。你过去常常兼顾这两件事情。”

“那就看看后来发生了什么！”妈妈大叫道。我不知道她是什么意思，所以我坐在床上，侧耳倾听。“看看我去上班后发生了什么，西蒙！”她猛地拉开浴室门，玻璃门撞在了瓷砖上。“我不会冒这个险的。现在你能给我一点空间让我做好准备吗？”

索普穿着睡衣，头发四处乱爹着出现在我的床尾。

“他们不再爱彼此了。”

我把被子拉过来蒙在头上，听到浴室的水流开到了最大。我决定在去图书馆接班前再睡最后一会儿。虽然我的声音听起来不太确定，我还是说：“他们当然爱彼此了。只是爱被埋葬了。”

“埋在什么下面？”

“经济压力、工作压力，还有爷爷的压力……”我把话咽了下去，心想着，是不是每对夫妻都会这样。怎么会这样。什么时候会这样。出于某种原因，我想到了那些黑白照片中的爷爷奶奶，然后我看到妈妈就像天空中的一颗星星，她的银色光芒在爸爸转身离开时慢慢消失了。

“我永远都不想长大，”索普打断了我的思绪，而这也正是我此刻的想法。她扑倒在我床上。“永远都不想。”

“你想余生一直都是九岁吗？”我在被子下面问。

“不。当然不是了。九岁是最糟糕的。”

“所以，你是既不想当小孩，也不想当大人吗？”我澄清道。

“对。我想当个——剩下的是什么？”

我把被子拉下来。“死亡。”我开始大笑，但是索普没有一起笑。

“我会是一个好尸体的，”她双手交叉放在胸前，停顿了一下之后说道。“在棺材里躺一会儿也挺好的。”

“你会无聊的。”

“不会的。”

“会的。而且，我会想你的。”

她像个僵尸一样伸出双手。“我会从死人中间回来看你的，”她哼唱起令人毛骨悚然的单音调子。“不过，只看你，”她用正常的声音说。“不看爸爸、妈妈。肯定也不看点点。”

我在图书馆刚接上班时，先整理了历史类的书架，把书按照年代顺序摆好。就像在烟火节上一样，事情发生的毫无铺垫。前一分钟艾伦还不在，下一分钟他就坐在一张书桌前了，而我就站在离那张桌子几米远的书架后面。我抓着木头让自己站稳，快速地眨眼，大概总共眨了十次，来确定自己的双眼不是在凭空想象。我藏在纳粹部分图书之间的缝隙里偷窥，鼻子下面就是一个万字符：艾伦打开书包，拿出一个笔记本，翻动了几页之后开始写东西。

我在脸上定好一种愉快的表情，往他的桌子那边走去。然而最后一刻，我还是改变了主意，迅速退回到书架背后，心里七上八下的。叫我胆小鬼好了，但是我害怕被贴上自以为是的标签，尤其是上次我拿了他的电话号码就沿着一条漆黑的路跑掉了。而且，我也没有打电话，我不知道要怎么不提他弟弟去跟他解释不打电话的原因，也不知如何解释事实上，我们在一个废弃的更衣室里亲吻了五分钟，而我也很享受那每一秒湿吻。

艾伦咬着笔头，然后在本子的空白处写了点什么。他抬起头来，而我赶紧把头低下。我的手抓着书架，心里怦怦直跳。我慢慢地，慢慢地再次站起身来，透过书架上的缝隙侦查情况。我的呼吸在鼻孔里颤抖，脖子上的每一根筋都绷得紧紧的。艾伦又在写东西了，他宽阔的肩膀上套着一件白T恤，这是图书馆里，也可能是全世界最亮的颜色了。我像受到万有引力一样被吸引过去，因为这个闪光的男孩就是我的宇宙中心，至少比在满是灰尘的书架上整理书籍有意思多了。

我抿着嘴唇，走向艾伦，但是他全神贯注，而我神经失控，所以我直接从他身边走了过去却没有停。我笨拙地走过他的书包，大腿差点碰到他的胳膊，甚至都能听到艾伦的眼睛从他的脑袋里啵嘤一声弹了出来。我几乎是跑到前台，拿起了回收箱想做点什么，而拿着纸箱的手却在不停颤抖。

我把箱子倒得太猛了。书哗啦一声倒了一桌子，我的老板辛普森夫人在电脑后面发出了啧啧声。《呼啸山庄》《荒凉山庄》《直捣蜂窝的女孩》，一本关于柏林墙的书，还有一本关于蟾蜍的书。

“鸟姑娘，”有人小声说。我转过身看到了艾伦，他离我的脸只有几厘米远。我脸红了，他却咧嘴一笑。

“那些书自己不会回到书架上去的，”辛普森夫人说着，低头顺着她的长鼻子看去。我随便从那堆书上拿起来两本，拉了拉艾伦的袖子，让他跟我走。

查尔斯·狄更斯的《荒凉山庄》。

D打头。

应该放在二楼的文学类图书里。

我不知道是因为螺旋楼梯还是因为艾伦的脚步声就在我背后，我竟然感觉有些头晕。在顶层，我钻进了两列狭窄的书架之间。只有我们两个人了。我的脸红蔓延到全身，燃烧般灼热。

“你没打电话，”他说。

“没打，”我低声说。“我妹妹的手腕摔伤了，所以我有些心烦意乱。”

“我原谅你了，”艾伦说着，看了一眼架子上的《小气财神》[①]。“几周内我就会去看这个的。和我妈妈一起去看音乐剧版的吝啬鬼斯克罗吉。她很喜欢这个剧，要拉着我们都去剧院看。麦克斯对这事却不高兴。”

“我很喜欢圣诞节，”我急着把对话从他弟弟身上转移开所以赶紧说。“火鸡、礼物、所有的准备和圣诞物品。”

“你过得最好的圣诞节是哪一个？”艾伦胳膊肘搭在书架上问。

“简单。在法国那个。我那时大约七岁，堆了一个雪人，是用——”

“雪堆的？”艾伦接过话茬。

---

① 或译《圣诞颂歌》（原文 A Christmas Carol，书名全文则为 A Christmas Carol in Prose, Being A Ghost Story of Christmas）是查尔斯·狄更斯的圣诞系列小作品，1843年出版。作品中的主要人物斯克罗吉（Scrooge）是个一毛不拔的铁公鸡，被称为世界文学作品中的四大吝啬鬼之一。

我把《荒凉山庄》塞进一个空隙。“哦，显然是的。但是还用了一个牛角包。”

“你是说牛角面包？”

“哦，因为当时我没有香蕉或者其他的东西当雪人的嘴巴，所以就用我能找到的东西将就啦。我是很足智多谋的，”我告诉他。

“你给雪人起了什么名字？”艾伦问。“皮埃尔？”

“实际上是弗雷德。”

“非常法国风。”

“它看起来就像个弗雷德！”

“弗雷德们是什么样子？”

“乐呵呵的，”我停顿了一下说。“上年纪的。我们给雪人头上套上了一顶鸭舌帽，还在牛角包里插了一个烟斗。不过是个假烟斗。用小棍子做的……怎么了？”我问，因为我看到艾伦正两眼发光地看着我。

“没什么，”他说。但他回答的方式却告诉我是有什么，而且是有什么好的东西。

他的手指沿着书脊上下滑动，而我却觉得自己的脊背感到兴奋刺痛。我慢慢地向前靠近，艾伦也靠了过来。斯图亚特，那一刻，我们之间只有一本书的距离了，但那本书刚好就是关于柏林墙的那本。我相信你知道柏林墙是不可能翻越过去的。艾伦笑了，我也笑了，然后我俩的脸就隔着那广阔的三十厘米的距离变得认真起来。

血液直冲着我的耳膜，我靠得更近了一点——

“打扰一下。”

我们不约而同地转过身，看到一位穿着厚夹克的老太太。

“我要给我孙女找本书，她要过来住段时间。你能给我推荐点什么吗？”我沮丧地苦笑着，冲下螺旋梯，来到童书类书架，递给她我能找到的第一本书，一本叫《莫莉哞哞牛》的绘本。老太太眨了眨眼睛。“我孙女十六岁了。是个素食主义者。”

等我找到一本合适的书时，辛普森夫人已经穿着一件带花型纽扣的淡黄色开襟羊毛衫出现在豆袋沙发旁边。

“佐伊，办公室有很多东西要归档，”她说。她整齐的波波头好像一个头发做成的头盔戴在她尖尖的脸上。

“但是我得把这个放回去啊，”我摇着关于柏林墙的那本书说。“而且文学类书架看起来有点乱。”辛普森夫人顺着我的目光望去。艾伦还在D打头的书架那边，等着我回去。

“我来放吧，”她嗤之以鼻。“后台需要你。”

她一直盯着我，直到我走开。我用比光速还快的速度把文件堆成一堆，放在桌子上，生怕艾伦不说再见就离开。我第七次透过门上的玻璃看过去的时候，这正是所发生的事情。他的桌子空了，书包也带走了。

我瘫倒在椅子上，但就在屁股挨到座位的那一刻，有人敲了敲窗户。斯图亚特，我真愿假装艾伦的头发都竖了起来，还有一片树叶挂在他的刘海上面，好让故事听起来仿佛他爬过树篱，翻山越岭来找我一样。但那会是个谎言，因为他只是站在一条普通的道路上，汽车在他身后轰鸣，这场景一点也不特别，只是我的心似乎没有意识到。我的心从胸膛升起，升到空中，在蔚蓝的天空溅起一片猩红。

艾伦挥挥手，我也挥了挥手。他把手放在玻璃上，我也把手放在玻璃上，他做出一副开玩笑的表情，瞪大眼睛，不停颤抖，好像我们正在经历一个特殊的时刻。可笑的是，我们实际上是在经历一个特殊的时刻，我俩都知道这一点，这也就是为什么我俩的脸颊都烧得同样通红。

来自：

佐伊 X

12月20日

于 巴斯 费克申路1号

嘿，斯图亚特：

现在是圣诞节的第一个小时。天气冷得我都能看到自己的呼吸，不过我也很高兴能有帽子、围巾和爸爸的夹克衫保暖。我不会待太久，因为我的手指已经冻麻了，而且无疑，点点会一大早就起床查看圣诞老人来了没有，但是我想让你知道，我在想你，希望你在牢房里像小婴儿时的耶稣一样熟睡，不过你有个疤，还留着光头；希望没人给你带来黄金、乳香和没药。别担心，你不会错过很多，因为我在宗教教育课上发现，没药就是一种黏性树脂，如果你问我的意见，我觉得第三位东方贤士把橡树黏脂送给世人的救星有点小气了。他骑着骆驼穿越沙漠，应该带些更传统的东西比较好，比如麋鹿形状的巧克力，顺便说一句，这个你会在信封底部找到的。

昨天晚上，点点很亢奋，还把手当作鹿角放在头上，在客厅里跑来跑去。她的兴奋让我感到心痛。斯图亚特，也许你也心痛。也许你会因为回想起你和你兄弟在壁炉边为圣诞老人放一个碎肉馅饼和一杯雪莉酒的日子而心痛，因为现在你在牢房里，而他在很远的地方，他的墙上可能挂着一幅你妻子的照片，旁边是一棵他无力装饰的光秃秃的圣诞树。

不管怎样，我现在是在浪费时间，所以我应该在点点起床之前开始。既然是圣诞节，我想我应该告诉你去年十二月的事，所以你可以想象天寒地冻，书房的气氛也是一样冰冷，因为爸爸最终离职了，正在填写申请表，而妈妈则在他身后徘徊。

第八章

“在‘它的’这个词里没有撇号。”

爸爸在桌子上敲了敲手指。“有。”

“只有在表示‘它是’的时候才有。所属格不用撇号。”

爸爸按了一下删除键。“你为什么不去申请这份工作，而是修改我的申请呢？这是你研究的法律领域。”

妈妈跳到前面，开始打字。“我们谈过这个问题了。我不会从头到尾再说一遍。”她捡起三个用过的杯子，大步走出房间。

家里比以前更干净了，浴室的水龙头闪闪发光，家具上有擦亮剂的味道。上床睡觉的时间更严格了，家庭作业也被检查得更彻底。妈妈还让我重写了一份历史作业，让我把所有关于冷战删掉的内容加入进来。那份作业量很大，因为从我所能收集到的信息来看，俄罗斯和美国之间没发生多少事，可以想象就像一场拳击赛中，双方选手只是坐在拳击场两边展示他们的肌肉，而没有真正开打。

她还让点点练习唇读法，差不多每天放学都要练，一直练到爸爸说休息一下。

“你都不给我任何选择，我怎么能停下休息呢？”

“点点已经很累了，”爸爸说，果然，妹妹在皮扶手椅的一侧跌跌撞撞地走着，胳膊垂在头上。“得了，简。今天就到这儿吧。”

“她胡闹，”妈妈说着，把点点拉回到了座位上。

“你们已经练了一个多小时了！”

“一小时二十二分钟，”索普在钢琴边小声说着，按下了小和弦上的几个琴键。这琴声听起来太悲伤了，我抓起她的手就把她拉到了楼上爸爸妈妈的衣柜里。

我们爬进一堆鞋子中间去找个舒服的地方，衣架上妈妈的裙子被碰得直摇摆。我打开铅笔盒，把我最喜欢的钢笔给了索普。

“出什么事了？”我在黑暗中问。那是一个周五的晚上，没有什么月光，所以衣柜里黑漆漆的一片。我抓起一支蜡笔，深深地吸了一口，索普则咬着嘴唇。“好吧，我们可以做一笔交易。你告诉我你的秘密，我就告诉你我的秘密。”

她认真考虑了一会，然后脱口而出：“他们一直给我起外号。”

“谁？”

“我们班所有的女生。她们所有人。今晚有个通宵派对，她们有个占卜板，波西娅会让鬼魂泄露我的秘密。”

“你跟老师说了吗？”她看着我，好像我是神经病似得，所以我把蜡笔扔到了爸爸的鞋子里，抓住她的手。“你得告诉别人。”

索普皱起眉头。“你必须说出来，”我更坚定地说。“如果你不想在学校说，那就告诉妈妈或者爸爸。”

“好吧，”她轻轻点点头，小声说道。“如果情况变得更糟。也许能跟妈妈说。”

轮到我说了，所以我告诉了她关于麦克斯的事。

“他不断地叫我放学后去更衣室见面。”

“你去吗？”

“是麦克斯·摩根啊，不是吗？你不能拒绝。”

“那你到那里之后会发生什么？”

我翻了个白眼。“索普，你觉得呢？”

“那么，你是他的女朋友还是什么？”她吸着钢笔头问。

“还是什么。他没有约我出去什么的。”

“所以你们就是接接吻、说说话——”

“我们连话也不说。只是接吻。不是每天啦。当他想要的时候就去。不过我觉得他很喜欢我。”

“你呢？你喜欢他吗？”

“是的，我喜欢，”我说着，想到了他深棕色的头发、深棕色的眼睛，和歪着脸的微笑，他直接这么对着我笑的时候，可是让别的女孩子们嫉妒不已呢。

“那你为什么不约他出去呢？”她建议道，而我则咕哝了些关于妈妈的事，但是斯图亚特，那并不是我保留选择权的原因，你知道的。

从那次在窗口告别之后，艾伦又去了图书馆三次。他写论文，我整理书架，但是在身体假装工作的同时，我俩的眼神会悄然共舞。我们四目相会又离开。相遇又转开。对视，凝望，眨眼，眨眼，眨眼……然后我们就笑了，害羞地微笑，然后整个过程又重新开始。我们也说话，既可以无话不谈，也可以什么都不谈。我们在书架间、在他的书桌旁还有一次在大厅里呢喃低语，那次我正在给一个阅读小组贴海报。我没有打听他女友的事，艾伦也没有提过她。说实话，我不知道自己的立场，所以我决定让事态自然发展一段时间。看看最后会发生什么。我对自己说，那没什么坏处。如果跟艾伦没什么身体上的接触，而且我也没有同意只跟麦克斯一个人好，那我就没有做什么错事。

我在圣诞节前的最后一次值班是在十二月十九日。那天之前下了一场大雪，共有十五厘米厚。那雪洁白而蓬松，是那种如果你想要捕捉完美的圣诞节就会在卡片上用棉绒做出来的雪。每次旋转门一转，我就会抬头微笑，但是艾伦上午九点没有走进来，十点没有，十一点也没有。等到十二点他还没有来，我就开始在电脑后面垂头丧气了。我戴着一顶耷拉着的圣诞帽，把数字输入到一个关于借书数据的电子表格中。

“你可以走了，”时钟转到下午一点时辛普森夫人说。

“没关系，”我说着，假装研究起那个电子表格来。“我就差再输入几个数字了。”

“我来做吧。”

“不用，真的，我不介意的，”我说。如果鼠标是个真的老鼠的话，那么，斯图亚特，它一定会吱吱叫的，因为我把它握得太紧了。辛普森夫人放下咖啡，把我赶走了。

“走吧。你爸爸会等你的。噢，佐伊？”她罕见地笑了一下，按了按那枚整齐地别在她开衫上的徽章。她挥手的时候，徽章上闪现出几个大字“呵呵呵”。

图书馆在市中心，周围的街道挤满了圣诞购物人群和游客。我深深地叹了口气，慢悠悠地走到步道上，因为爸爸迟到而有点生气。

“佐伊？”我右边有人叫道。“佐伊！”

艾伦站在图书馆的花园中间挥着手，他身穿大衣，手上戴着一副不配套的手套。

“原来你在这里！我以为你不……嘿！”我难掩内心的喜悦感叹道。

艾伦向我招招手。“帽子不错。”

我轻轻碰了下帽子，把帽子俏皮地歪戴着，上面的绒球在我下巴边晃来晃去。“谢谢。”

“而且对于给你的惊喜来说，你这帽子也很合适……圣诞快乐！”他说着，指了指脚边的东西。

“呃……圣诞快乐，”我说，但是不确定该对到他腰那么高的一个雪球做点什么。

“应该更大一点的。但是我找不到鸭舌帽和烟斗。”他绝望地看着我。“是弗雷德！你的法国雪人，弗雷德。”艾伦从一个塑料袋里拿出一个牛角面包，把它嵌在雪球中间。“看！”

“但是头在哪里？眼睛呢？还有鼻子呢？”

“我没时间了，”艾伦咕哝道。牛角包从雪上掉下来，掉到了我们的脚边。“噢，天啊，这真可悲，不是吗？”

“是有点儿可悲，”我说着，大笑了起来。然后我又停了下来，因为艾伦在盯着我摇头。

“天啊，你的笑声很性感。”我的脸冰凉，脚指头也冻僵了，但是内心很暖很暖。“你咯咯笑的声音……还有我爸爸打喷嚏的声音和青豆挤压在一起的吱吱声是我最喜欢的声音。”

“你爸爸打喷嚏的声音？”我重复了一遍，因为我这辈子也想不出还能说点什么。他假装学着打了个喷嚏，“啊”的声音很大，而“嚏”出奇的安静和高亢，然后伸出了双手。我点点头，表示完全赞同。“真是很大的声音。”

“多年来，我每晚都能听到这个声音。我们那时有只猫，你明白的。那个丑陋的家伙……”

“别那么刻薄！”

“你没见过那只猫！它很胖，真的很胖，而且毛茸茸的，脸都压扁了。不过我很喜欢它。我爸爸也喜欢它。我是说，他对猫过敏，但还是让那只猫坐在他腿上，所以他整个晚上都打喷嚏。妈妈就会训他，说他太笨了，让他把猫放在厨房里，但是爸爸说他很爱那只猫，那猫也爱他，所以他并不介意打喷嚏。'真爱就是牺牲。'爸爸是那么说的。"

"耶稣也是这么说的。"

"是的。但是耶稣没有猛敲隔壁邻居的门，所以他说的关于爱的事情全都是无关紧要的。"

"也许他敲了，"我喃喃地说，惊讶于艾伦语气中突然的尖刻。"我总觉得《圣经》遗漏了那些有趣的部分。耶稣也是人，不是吗？他也上厕所，也打嗝。"我扬了扬眉毛。"没人注意的时候，他也会在那儿挠痒痒。说不定他还有外遇呢。"

"你，"艾伦跨过牛角包直接站在了我面前，"真是太特别了。"我快速地摇摇头。"你就是很特别，佐伊。打嗝的上帝之子？一个叫比兹尔的毛茸茸的蓝色怪物？"他说。因为记住了那个名字，他为自己赢得了很高的印象分。"还有谁会想象那些东西呢？"

"我不知道，但是我估计耶稣打嗝的声音会列入我最喜欢的声音之一。"

艾伦大笑起来，他温暖的呼吸轻抚着我的脸颊。"还有什么声音？"

我一边想一边皱起了鼻子。"小鸟起飞时扇动翅膀的声音。那种声音很酷。"

“自由的声音。”

“完全正确，”我回答，同时惊讶于他不需要我解释就能理解。“哦，你知道还有什么声音吗？”我问，但是我一直没有机会描述兔子“骷髅头”的爪子踏在厨房瓷砖上的声音，因为艾伦的手机开始响了，这声音我一点儿也不喜欢。我俩都盯着手机屏幕上的名字。

安娜。

“我该走了，”我突然说。

“不。没关系的。”手机不响了，他把手机放进口袋。“她可以等……但是我妈妈不能等了。”他凝视着我的肩后听起来很失望地说。我转身看到一个黑头发带红褐色挑染的丰满的女人一边朝着图书馆匆匆走来，一边仔细地看着我们。“我说了要送她回家的。”

“没关系。再说我爸爸也马上就要来了。”

他弯腰捡起牛角包，把它粘回到雪人上，这次面包没掉下来。“再见，鸟姑娘。”

“再见，”我笑着说。他跑去见他妈妈了，但他的话还在我耳边回响。

她可以等。

那之后，我当然忍不住给他发了信息，不过我故意一直拖到晚上才发，好让自己看起来不是那么迫不及待。

“再次感谢你给我的惊喜。弗雷德无疑是全世界最好的非雪人。”

“这我倒是不知道，”他立即回复。“你看过《雪人》吗？那个小男孩最后走向了一大堆雪，当然那才是最好的非雪人。”

“不可能！他浑身都是冷汗，而且死了。那就是一堆烂泥。弗雷德更好。”

“弗雷德会感激你为他说好话的，但是他知道自己没法和一个飞向南极的雪人竞争。”

“你是说北极？！”

“无论什么。无论哪里。他飞走了。飞向天空。”

“但是弗雷德的微笑是用糕点做的。这得算个加分项……”

我穿着雨靴，跌跌撞撞地走出门，填满喂鸟器，准备好鸟儿们的早餐时，我俩的对话还在继续。我把种子倒进金属丝网管，感觉手机在大腿上震动了一下。我微笑着从口袋里掏出手机。

“想念你的吻哦 X”

我的脸一沉。是麦克斯。手机又响了，我跳了起来。

“那要算很多加分，我服了你了。做个好梦，鸟姑娘。附言：弗雷德从他的牛角包嘴角说晚安。X”

我禁不住笑了，虽然我大脑中想象出一幅两兄弟在同一个房间拿着手机并肩坐着，却不知道他们在给同一个女孩发短信。我凝望着星星，喂鸟器在树枝上摇摆着。艾伦喜欢我。而我也喜欢他。不管是不是女朋友，我对麦克斯都是不公平的。我决定要在接下来的几天里给他降降温，圣诞节后就把事情了结了。

惊讶啊惊讶，爸爸妈妈整个圣诞节都在争吵。

“你怎么知道那些鸡之前被关在哪里？他们也许只是在包装上写着‘放养鸡’，所以像我们这样的傻瓜就要付两倍的价钱——”

“如果写着‘放养鸡’，那它就是放养鸡，”妈妈打断了他，把几个胡萝卜放进超市的手推车，然后继续往前走。“这些事情是有法律规定的，你应该知道。你以前不是个律师吗？”

“你不也是吗？”爸爸回答。我跟在后面，听得快要烦死了。我看了看妈妈额头上的皱纹和爸爸紧皱的眉头。爸爸双臂交叉，妈妈则紧握着手推车，两人互不相让。斯图亚特，说实话，我感觉在蔬菜区的土豆旁边，冷战好像还在继续。

“瞧，经济紧张的时候还把钱都花在买火鸡上是毫无意义的，”爸爸说。

“经济紧张还不都是因为你找不到——”妈妈在最后一秒住口了，捡起了一袋豆芽。

“继续，”爸爸咆哮道。“说出来。你敢吗？”

“你觉得在这里说够了吗？”妈妈一边问，一边掂了掂那袋豆芽的重量。

最后，妈妈还是坚持买了火鸡。别的不说，我们在圣诞节的清晨交换礼物时，烤在烤箱里的火鸡金黄、美味、香气四溢。爷爷也破天荒地给我们送来了些东西，是包着现金的卡片（虽然卡片上的字是爸爸的笔迹）。索普把二十英镑纸币别进睡裤腰带时，爸爸咧嘴笑了。爸爸问妈妈能否让我们去医院看看，或许在节礼日去，但她只是把她的新香水喷在手腕上，闭着眼睛闻了闻。

“圣诞老人的垃圾，”爸爸妈妈离开客厅去做火鸡馅料后点点比画着说。她的石膏拆了之后，手语打得容易多了。“他甚至都没看我的单子。”

“你要了什么？”

“一个iPod音乐播放器。”

“但是你听不到音乐啊。”

“或者一部电话，那样我就可以升级了。”她举起一个坏掉的计算器，伤心地按着按键。

到了那天晚上，她又高兴起来，没穿衣服就冲进我的房间，问我想不想闻闻她的新泡泡浴液。我把她抱起来，扑通一声放进水里，闻了闻空气的味道。

“香橙？”我打手语问。“蜜桃？还是草莓、香蕉、猕猴桃混合香型？”索普做着鬼脸，我开着玩笑问道。索普正和兔子“骷髅头”一起背靠着散热器坐着，鼓励兔子跳过她放在一起的一瓶去屑洗发露和两块香皂。点点在水里晃动着，跟我讲了她在学校即将开展的一个未来计划，以及他们班将会制作一个时空胶囊，把各种东西都塞进一个箱子里，然后把它埋在地下。

“我会塞进去一件东西，那就是一朵蒲公英。”

“一朵蒲公英？”

“把我们现在有的花展示给一百年后的外星人，”点点解释道。索普笑了，我也笑起来，点点也在泡泡中咧嘴笑了，不过我觉得她不明白什么是好笑的。

“一百年后蒲公英就死了，”索普大声说。

“嘘！”我警告她，但索普只是傻笑着。

“点点，蒲公英会腐烂的，”她清楚地打着手语。点点的眉头皱了起来。

“如果你很小心地埋起来就不会腐烂，”我一边比画，一边怒视着索普，而她则吐了吐舌头。“它会没事的。”

“你觉得外星人会喜欢它吗？”点点问。

我把她从水里拉出来，包进浴巾。“他们会很喜欢的。”

她擦干身体之后，我把她放到床上，努力无视爸爸妈妈在楼下为谁洗碗而争吵。我依偎在她的被子下面，用手语讲了一个关于住在红绿灯里的小绿人的故事。讲完后，她让我再讲一遍。

“贪心！”我说着，挠了挠她的腰。

“好吧，那你想要你的圣诞礼物吗？”她问。我还没来得及回答，她胖乎乎的膝盖就已经跪在了地毯上。她从床下拿出来一个包在塑料袋里面的包裹。

“一本书！”

“那不是礼物，”点点说着，小心地打开了封面。“佐伊，花朵不会腐烂。你看。”在前两页中间有一朵被压扁的干蒲公英。“那天在花园里你说过，蒲公英是你最喜欢的花。”

“那的确是我最喜欢的花，”我说。斯图亚特，这并不是谎言，因为突然之间，蒲公英就是了。

“圣诞快乐，”她比画着。

“圣诞快乐，”我小声说。斯图亚特，我该走了，所以也祝你圣诞快乐。

爱你的：

佐伊 X

12月25日

于 巴斯 费克申路1号

嘿！斯图亚特：

哦，我要举着一杯水跟你说干杯，祝你新年快乐，但是这也许并不是我该做的事情。可能狱友们不会像世界上其他人一样等到午夜，因为监狱里没有什么可庆祝的。一般在十二月三十一日，人们都会回想起他们在过去的一年中做过的好事，并且展望新的一年中将会发生的趣事，比如离开学校、学开车，上大学什么的。根据我所能收集到的信息，除了死囚区的人们会在午夜钟声敲响时因为自己离处决更近了一步而欢呼之外，囚犯们没有什么可兴奋的事情。也许他们在空中挥着手，感慨他们的经历中又多了一年，他们没想过能拥有的一年，因为生活在像这间小屋一样大的地方也总比死了强。

斯图亚特，这真是令人伤感，而且说实话，这让我想起了《小气财神》。如果你没读过狄更斯的作品，也没看过《布偶大电影》的话，那就让我来解释一下吧。鲍勃·克拉特基特是一个很穷的人，他家在12月25日只能买得起维多利亚时期一只最小的鹅，但是他的孩子们都眼巴巴地看着那只鹅，仿佛那是一只长着厚厚的白肉的大肥鸟，够他们吃好几个星期似的，最终那只鹅被放上餐桌时，孩子们都鼓掌欢迎起来。他们的掌声似乎比他们实际得到的还要多。这和你穿着橘黄色的连体服，双手对握，唱着《友谊地久天长》来庆祝你在牢房里可以多活几天的时候一样。

要是你想知道的话，根据我的地理老师的说法，《友谊地久天长》的英文名auld lang syne，是苏格兰语中念及旧日情分的意思，她应该是知道的，因为苏格兰肉馅羊肚是她最喜欢的食物。我们唱这首歌是为了纪念我们和过去的人们一起度过的美好时光，这比我最初的解释要好多了。大约十二个月前，劳伦告诉了我正确的歌词，我想今晚我们就从那里开始讲吧。当她意识到我把歌词听错了，并认为大家都在歌唱着一个退休老人不稳定的视力来庆祝一年的结束时，她都快笑死了。

第九章

“老兰的眼睛！好像你以为就是那样！”

“闭嘴，”我一边说一边用气球打她，因为我们正在为她的聚会做准备。劳伦直到那天上午才决定邀请大家去参加聚会，她妈妈那时宣布她男友预订了去伦敦过周末的惊喜之旅。“污秽之旅，”她在电话上解释。“他们要在希尔顿酒店做那事。”

我吹起一个气球。

“今晚会来多少人？”

劳伦把气球从我手上拿过去，在底部绑了一个结，然后拍到一个越来越大的气球堆里。

“不知道。我邀请了我认识的每个人，希望会有足够多的人出现吧。我哥哥也叫了几个他的朋友。”她戳了戳我的肋骨。“麦克斯说他会来哦。”我还没回答，她又说，“你很兴奋吧，不是吗？”

“是啊。是啊，我当然兴奋了，”我挤出一个笑脸说，不过我在想他在圣诞节发来的那一大堆短信，以及我怎么只回复了寥寥几条。虽然我明显不感兴趣了，但是也够礼貌的了。

“好啊！因为如果你不想要他了，我就要他。当真的。上个学期，我听见有些女生在厕所谈论你，她们都说‘哦，天啊，她好幸运’，还有那个脖子长得很奇怪的贝琪说她暗恋他三年了，不过除非麦克斯有喜欢天鹅的怪癖，否则她是没机会了。”我适时地笑了一下。“好了，干完了，”最后一个气球吹好放进气球堆之后劳伦说。“你可以先去洗澡。该去为小情人做好准备了……”

斯图亚特，现在你可能很惊讶我能获得许可参加这次聚会，但是妈妈其实对此一无所知。她同意我在劳伦家过夜，是因为我说我们要过个女孩之夜，如果你想知道的话，我在听够了整个圣诞节的那些争吵之后，对于撒谎一点儿也不愧疚了。

“过夜？做什么呢？”妈妈问。

“涂指甲。看电影，”我回答。

“把你的指甲涂淡一些，”她说。“再过几天你就要开学了。还有，别看不适合的东西，亲爱的。别看恐怖片什么的。如果你想要的话，我有关于那个巨人的动画片？”

几个小时后，《怪物史莱克》就被丢弃在劳伦的床上了。她家挤满了人，我是说，挤得就像我去度假时带的行李箱一样，拉链都快崩开了，因为我就是不能轻装上路。我在厨房的饮料桌旁加入人群，我的手穿过五个人拿了几片薯片和一瓶酒。我打开木塞的时候，妈妈突然出现在我脑海里，但我还是给自己倒了一大杯酒。说实话，这酒杯在我手里看着很棒，酒和我的指甲是一模一样的红宝石色。

音乐开始了，大家就地开始跳舞，在大厅、门廊或者客厅，随着跳动的节奏一起舞动，饮料从塑料杯、马克杯、甚至是牛奶壶中溅出来，因为劳伦的玻璃杯不够用了。大家扭着屁股、摇着肩膀、晃着头，动作如一。我有生以来第一次站在舞池的中央，在厨房中间的烤面包机旁边大叫着挥舞手臂。

有趣的是，人的眼睛是多么的机灵啊，即使是盯着正前方的事物，还能从余光发现一些东西。劳伦正穿着一件带亮片的背心在我手臂下转圈，我的眼角却看到一个穿黑夹克的红头发的人，我的视线里隐约闪烁着煤炭的火焰。我的身体猛地一斜，意识到肯定是安娜走进厨房了，而艾伦身穿一件大号套衫就跟在她身后。劳伦的哥哥一定是邀请了他，这是唯一的解释。我忘记了跳舞，只是呆呆地看着，看着。在所有的调情之后。还有什么雪人。当那个女孩在艾伦耳边低语时，艾伦大笑起来时，我攥紧了拳头。他说谎了，斯图亚特，他跟我说他新年前夕没有计划的。我得承认，我也说过同样的话，因为我不想让他知道我要和他弟弟去同一个聚会，不过还是生气。我难过地看着艾伦碰了下安娜的手臂，指着我右边放满啤酒、红酒和伏特加的桌子问她是否要喝点东西。

不!

看到那个女孩点点头，艾伦朝我这边走来时，我不知道自己是不是大声说出了这个字，还是只在大脑里呐喊了一声。我的第一直觉是要藏起来，但是藏在哪里呢？藏到远处那把扶手椅的背后？藏到壁橱里，躲在谷类食品旁边？惊慌失措中，我躲在了一个脸上长着粉刺的高个子男孩身后，艾伦推搡着走过了劳伦。我的脉搏加速了。他来到了饮料桌旁边。我的脉搏在奔跑。他向那个满脸斑点的男孩点了点头。我的脉搏快要爆炸了。只有一米远——他就在那里，而我却不能让他看到我，不能让他和另一个女孩在这里，并且他弟弟可能也在房间的某个角落看到我。

我畏缩着，从饮料桌旁转身走开，决定一直盯着相反方向，直到他离开，然而正如俄耳甫斯在阴间意识到的一样，那比听起来容易多了。如果你想知道的话，俄耳甫斯是希腊神话中的人物，为了救他妻子，他必须把她带出危险之地，但不能回头看她的脸。就在他即将成功的时候，他回头望了一眼，他的妻子立刻消失得无影无踪了。遗憾的是，我望向艾伦的时候，他并没有消失，没有无影无踪。相反，他吃了一块玉米片，距离近得我几乎都能听到咬碎的声音。

他拿起两杯啤酒，一边在手里摇着一边回到了那个女孩身边。我踮着脚尖看到，他抚摸着她的后背来宣布他的到来，他的DNA在她的肩胛骨之间闪闪发光。泪水模糊了我的双眼。我低下头，穿过人群，走出厨房，来到大厅，迫切地想要离开，但是在楼梯口，有人抓住了我的手。

我顺着这只手的手指摸到了手掌。顺着手掌摸到手腕。又从手腕摸到了胳膊，我的心越跳越快，但当我意识到这只手是麦克斯的而不是他哥哥的手时，我的心跳突然停止了。他伸着手，努力够到我。人们在楼梯上推挤着上上下下，他的脸也在我的视线中时隐时现。我听不到他说了些什么，不过他的手握紧了我的手腕，用力一拉。我一开始反抗了。但是他拉得更用力了，拖着我下了楼梯。往艾伦的方向。我滑了一下，红酒从杯子里溅了出来。

“外面，”麦克斯张大嘴巴说。

他抓得很紧。我们沿着大厅走，我一直低头看着地毯，生怕被看到。看到前门后，我加快了脚步，更有目的地往外走去，让麦克斯少费了点力气，因为，斯图亚特，我只想消失。我要离开那栋房子，离开艾伦和那个留着红色长发的女孩。我们跨过别人的腿，侧着身子，挤过人群之间的小缝隙。当我们试图挤进门廊时，音乐声越来越大，大厅越来越热，而我们的脚步越来越慢。

最后，麦克斯的手终于碰到了门的铜把手。他使劲拽了一下，然后又拽着我，把我拖到了花园里。雪在脚下嘎吱作响，冰柱在窗台上闪闪发光，光秃秃的树枝在橙色街灯的映衬下勾画出一根根黑色的线条。麦克斯把我带到一棵冷杉树后面，房子终于看不见了。

“里面真是太疯狂了，”我说，声音出奇的平静。

“但是现在外面很好，”麦克斯说着，把他的蓝外套递给了我。“拿着。穿上吧。”我把胳膊伸进外套，酒从杯子里洒了出来，溅在冰冻的地上，红白相映。“见到你真好。”

“见到你也是，”我说。因为，斯图亚特，在某种意义上说，的确是这样。他好像松了一口气似的笑了，然后就把我拉到了他的两腿之间，当然我也默许了，因为他强壮结实，而且艾伦正和另一个女孩在屋里。我把杯子放在矮墙上，然后把手放在了他的脖子后面。“圣诞节过得好吗？”

“很无聊，”麦克斯咕哝着，直接开始吻我，他的嘴唇柔软又熟悉，令人安慰。

我的右边有人咳嗽了一下。我猛地退开了，生怕是艾伦，但其实只是一个遛狗的人绕过了街角。

前门嘎吱一声响了。我又跳了一下。我把杉树树枝扒到一边，探头看了看，只看到一个女孩在点烟。

麦克斯揉了揉我的胳膊。

“你有点神经质哎。”

我咬了咬上嘴唇，然后说：“我们是不是该去个私密点的地方？”

麦克斯傻笑着，亲了亲我冰凉的鼻尖。“你想去哪里呢？”

我把脸别向一边，但是麦克斯一边用嘴唇轻扫过我的脖子一边把手放在了我的屁股上。“呃……没什么……我是说，这里只是感觉有点太公开了。而且我都快冻僵了。”

麦克斯想了一会儿。“在这儿等着，”他说着，在我还没来得及反对之前就跑开了。

几分钟后，他回来了，手里拿着一串丁零当啷的银色的东西。他在空中晃了晃钥匙。

“我哥的车就停在路边。”

我张大了嘴巴。“我们不能那么做！”

“放松。我哥不介意的。我问过他了，”麦克斯说着就开始走。

我待在原地，心怦怦直跳。“你问他了？你说了些什么？”

麦克斯转过身，走回来，勾了勾手指，示意我过去。“我说我要和一个女孩找个暖和的地方。我跟他说‘只是聊聊天’，不过我哥笑了，他好像完全清楚我想干什么。”

我现在快发疯了一样追着麦克斯。“你说我是谁了吗？你提我的名字了吗？”

麦克斯张开嘴巴准备回答，然后又停顿了一下。“为什么这么问？”

虽然这很难做到，但我还是尽量放松了声音。“只是……哦，我不想有什么坏名声，尤其不想在那次照片事件之后。”

麦克斯把手放在我后背上，把我温柔地推向那辆车。DOR1S出现在街道尽头。我想到了挂在后视镜上的骰子。还有红小姐。

“也许我们应该回到聚会上去，”我说。

麦克斯更用力地推着我的后背。“放松。没什么可担心的。我没告诉我哥你的名字。”

“但还是回去吧。我觉得这不是一个好主意。”

麦克斯失望地叹了口气。“为什么不是？”

“呃，只是……我不知道……只是感觉有点……”

“来吧，佐伊，”麦克斯听起来有些恼火地说。现在他推得一点也不温柔了。“我整个圣诞节都没见到你，而且我——”

“你到底怎么了？”我说着，把脚塞进人行道的石缝里，这样他就拉不动我了。

“你知道的，”他一副厚颜无耻的样子说。“而且我知道你也想要。”他在我的耳边低语。

“我们回屋里去吧，”我祈求道。麦克斯皱起了眉头，我补充说：“找个空房间。”我向前迈了一步，放低了声音。我恨自己这样，但还是挤出了那几个字，只要远离艾伦的车就行。“一个有床的空房间。”

麦克斯把钥匙装进了牛仔裤口袋。“现在你说了算。”

我们开始走。

看到了那堵矮墙，那棵树，还有那个吸烟的女孩。

看到了车道，门，还有挤满人的屋子，在黑暗中辨认不出谁是谁。艾伦有可能在任何地方。

斯图亚特，但是他不在任何地方。他就在我们前面，面对房子站在门口。我盯着他的后脑勺，惊恐地睁大了眼睛。麦克斯指了指。

“那是我哥。就在那儿。”

“我们走另一条路吧。”我紧张地说。没等他回答，我就拉着麦克斯穿过了花园。他深吸一口气，张大了嘴巴，我惊恐万分地意识到，他就要大叫了。

“艾伦！”

艾伦开始转身，我松开了麦克斯的手。我看到了他的耳朵，他的鼻子。我吓得一跳，向右跑了两米，然后冲进了阴影里。

“已经回来了？”艾伦说。有什么东西在空中发出了丁零当啷的声音——是车钥匙被扔了过去。

“我们改变主意了。”

“我们？”艾伦问。我想象着他左右扭着头寻找另一个人的样子。我告诉自己不要看，但我还是扭过脖子，转回了头。这次我看到艾伦时，我真希望有所谓的阴间能把艾伦吸进黑暗中去。

他眯起眼睛，伸长脖子，前倾着想要认出阴影里裹着他弟弟外套的女孩。

“艾伦，这是佐伊，”麦克斯说。

“佐伊？”艾伦重复道，他声音里的某种东西让我的内心刺痛。我从阴影里走了出来，因为，斯图亚特，把戏已经被看透了。“佐伊，”艾伦又说了一遍。“你和我弟弟在一起？”

“也就今晚，”我赶紧说。

麦克斯搂住我的肩膀。“哦，还有之前所有的时间。”

“之前？从什么时候？”艾伦似乎意识到这个问题听起来很奇怪，就挤出一个微笑。“你把她藏了多久了，麦克斯？”

“不长，”他享受着关注说。“也就从九月开始。”

“九月？”

麦克斯误读了他哥哥惊讶的原因。“嘿，每个人都有秘密。你也只字未提过你的——”

“因为我没什么可说的，”艾伦回答。我站直了一点。我可能不是无辜的，但艾伦也不是。

“那么——”我正要说“安娜”，然后意识到这或许有点可疑。

“那么什么？”

“你的女朋友，”我嘟囔着，指了下屋子。“红头发的那个。”

“安娜？”麦克斯说，声音听着很惊讶。“你是说那个人吗？”

“我们只是朋友，”艾伦回答，我的心一下子沉了下来。“我四岁就认识她了。”

“但是……但是我看到你们在一起。在烟火节上，”我语无伦次地说。“你们在拥抱，而且她——”

“刚和她男朋友分手，”艾伦接过话茬。“我是在照顾她。她就像个妹妹或者表妹什么的。”

“好吧，”我说。我惊讶于自己内心的一切都在尖叫，而说出来的声音竟然还那么正常。

“不像你们，”艾伦说着，两手插进口袋，走进了花园。“你为什么对她的事保密，麦克斯？你是不是很害羞？”他用开玩笑的语气问，麦克斯笑了起来。

“无论怎么说。她去过家里的。你不在家，可不是我的错啊。”

我闭上了眼睛。

“什么？”艾伦口气轻松地说着，但嘴巴却收紧了。“什么时候？”

“我不记得了，大概十一月份吧。你来过一会儿，对吧？”

我慢慢睁开眼睛。“是的。是的，我去过。”

风刮起来了，吹着我身上麦克斯的外套。虽然我快冻僵了，我还是想把它扯掉，扔到地上。

“我们进去吧，”麦克斯说着拉起了我的手。

“实际上，”我一边说一边放开了他的手。“我感觉不太舒服。我想我要回家了。”我脱掉了他的外套。“我需要躺下休息。一个人静静，”我补充说，因为麦克斯挤了挤眼睛。

兄弟俩我都没看，而是直接穿过了草地，不顾一切地想打电话给妈妈或者爸爸让他们早点来接我。麦克斯在我身后大叫。

“你的外套和东西怎么办？”

我停下来，低声咒骂。“呃，在劳伦房间，你能去帮我拿一下吗？”

麦克斯看起来不太高兴，但还是进了屋，留下我和艾伦两个人。

我俩都没有说话。

我不知道他的心是不是和我的一样怦怦直跳。

“对不起，”最后我说。“我应该说出来的。”

艾伦很不屑。“不需要道歉。我们之间什么也没发生。”

我咽了一口唾沫，停顿了一下，然后摆弄着手指说：“我们之间有点什么……”

艾伦一副很惊讶的样子。“有吗？”

我走上前，喃喃地说：“你知道有。”

艾伦交叉双臂。“你只是一个我不断碰到的女孩，一个我几乎不认识的人。”

这话击中了我的心口。“你不是那个意思。”

他不停地点着头。“我就是那个意思。你和我弟弟，你们才是天造地设的一对。”

“我们不是一对。”

“从我的角度看，可不是你说的那样。”

我把头发从眼睛上拨开。“对不起，可以吗？”

艾伦保持着冷静的声音回答。“就像我说的一样。不需要道歉。你有自由约会任何你想约的人。难道不是吗？”

“因为我们是……”

“朋友，”艾伦接过话说。“顶多算熟人。”

“好吧！”

“确实好，”艾伦居高临下地说，好像我的行为很疯狂似的。我怒视着他。斯图亚特，或许我没有权利生气，但这话还是跟我血管里正在咆哮的愤怒说去吧。

“如果你想要的就是那样的话！”

“那是事实啊，”艾伦冷静地回答。他微笑着，但是显然不是真心的。“和我弟弟好好玩儿。”他说完，转身走回了聚会。我看着他离去，当场就决定和麦克斯好好玩儿正是我要去做的事情。

新年的第一个清晨从一轮耀眼的红日开始，就好像我所有的愤怒正在天空烧得通红。我几乎没睡，只是在脑海中回想着那段对话，辗转反侧，直到记不清艾伦说了些什么，我说了些什么，但是我知道是他错了，斯图亚特，我故意用了黑体，就是想告诉你，我是多么确信这一事实。

我撞开冰箱门，一边粗暴地倒着牛奶，一边计划着复仇。我要让麦克斯爱上我，也许我也会爱上他，我们要一起上山，坐在山顶的云雾里，我不会做任何作业，这样每个人都会受到应有的惩罚。我把勺子扔进水池里，勺子丁零当啷地碰到了一个碗。

“也祝你新年快乐，”索普嘴里含着一口的粥说道。

“注意举止，索普，”妈妈从笔记本电脑上抬起头来提醒她。

只有点点心情很好，手里拿着一大张用蜡笔列出来的新年决心书跳来跳去。

“我的第一个决心是减肥，”她指着自己圆滚滚的肚子用手语说。“我的第二个决心是通过观看小鸟学会飞翔，我的第三个决心是善待每一个人，除了老师和可能想偷我的陌生人，我的第四个……”她不停地说啊说，然后爬到我的膝盖上，问我有什么决心。

“没有。”

“努力学习，在年终考出好成绩怎么样？”妈妈两眼盯着一个关于人工耳蜗的网站，插嘴说道。

“那只是模拟考试。”

“模拟考试很重要，佐伊。如果你想学习法律，那么——”

“谁说我要学法律了？”我怒气冲冲地说。

妈妈快速输入了几个字。“好吧，那你想干什么呢？”

“也许是写作吧。也许不是。我还不知道。我不需要计划。”

“那太荒唐了。”妈妈叹了口气，点了几个按钮。

“不，不荒唐，”我生气地说。“不用着急，不是吗？我上完大学再看到时候想干什么。”妈妈对我啧啧不已，我立刻就怼了回去，然后我就因为脸皮太厚被责令上楼去了。

我的房间乱糟糟的，但是我并没有打扫，而是趴在书桌上，等着艾伦道歉。现在，斯图亚特，我不知道手机是什么时候发明的，但如果是在你的谋杀案审判前后，那你可能从没有过等一条短信等几个小时的感受。如果是这样，相信我，你应该感恩，因为那真是一种折磨，会幻听到手机的响声，你翻看手机的时候，希望会不断地上升上升，而后你的心会崩溃，在空白的屏幕上摔得粉碎。

那天时间过得很慢，看电视也没消磨掉多少。除了一个接一个的老电影，什么节目也没有。我相信，你一定听说过《飘》，谁知道呢，也许你也看过，如果是这样，我想知道你是不是也因为那部电影太长而强打精神，保持清醒呢？那片子太长了，演完之前，我去了两次卫生间。我在沙发上开始烦躁不安了，而妈妈不断地小声说“耐心点”，好像我要是努力看完就会有什么大奖似的。我看了四个小时，一直看到剧终时那两个恋人终于相聚了，所以你可以想象直到片子末尾，那个叫瑞德的男人走向那个叫斯嘉丽的女人时我的失望。我看着妈妈，一副“不能就这么结束了”的样子，但是瑞德没有回来，斯嘉丽也没有在身后追他，电影就这样结束了。

《飘》比《大逃亡》（他们也没逃走）还让人失望，所以我抢过妈妈手里的遥控器，把电视关了。

“你不喜欢这部电影吗？这可是有史以来最好的爱情故事之一。”妈妈说。

“哦，那真让人沮丧。”

“还没《泰坦尼克》让人沮丧呢，”索普打了个哈欠。“至少瑞德没有冻死，沉到海底。”

门突然打开了，点点抱着兔子“骷髅头”跑了进来。她跪下来，兔子的耳朵从她肩膀上伸出来。

“那个什么风的片子演完了吗？”

“是《飘》，”妈妈纠正她。

“我知道它为什么叫这个名字，”点点得意地笑道。我知道她在练着讲笑话。

妈妈使劲想了想。“我想它是说瑞德最后离开了，就像被风吹走了一样，”她认真地打着手语。

点点摇了摇头，笑得合不拢嘴。“因为那个男人离开小镇前拉臭臭啦。”

那天晚上，我躺在被子下面，又生气又痛苦。我把手伸到床头柜上，最后一次拿起手机看了看。手机屏幕闪着绿光，一片空白。在绿宝石色的灯光中，我在墙上做着影子木偶。一条狗在我的书架旁叫着，一只猫慢慢地爬向狗，即便狗和猫通常不会和谐相处，我房间里的这一对却排除万难在一本词典上蜷缩在了一起。我看了它们一会儿，翻过身，对艾伦的想念如此强烈以至于内心都想得心痛。外面狂风怒吼，窗户被吹得嘎嘎直响。斯图亚特，我有一种最强烈的感觉，他正在被风吹走。

爱你的：

佐伊 X

1月1日

于 巴斯 费克申路1号

嘿，斯图亚特：

我刚刚得知这个消息。几天前，这个消息就已经公布了，但我是今晚用电脑时才发现的。大多数上网的时候，我都是在查询你的名字，而今天在《得州在线纪事报》上，有个全新的消息说，你的执行日期已经定在五月一日。

斯图亚特，五月一日。我简直不敢相信。在所有的日子中间偏偏就选择了这一天。

我两手发抖，所以写字困难，尽管我现在有个崭新的帆布躺椅，这一定是爸爸在园艺中心的甩卖上买的。我想象不出你的感觉。根据我的计算，你可能刚睡醒，因为得克萨斯时间比英国时间晚六个小时。我敢打赌，你吃不下早餐了。当然，不用说，我也会尽我所能去帮助你的。也许我可以联系一下那个来学校讲死刑的修女，我们可以组织点活动，比如抗议或者请愿什么的，别担心，我相信我们从修道院的修女们那里就能得到一百个签名。

得克萨斯州政府不能把你处决了。他们就是不能。就在上个星期，我读了你的诗《宽恕》，读到了你如何“后悔用刻刀夺人性命，尤其是你妻子的性命”。说实话，我觉得你应该有一个救赎自己的机会。如果我是美国总统，我当然会保留监狱，但监狱的作用应该是帮助罪犯，而不是毫无希望了似的杀死罪犯。如果你问我的意见，没有人能就这样注销别人的生命，好像他们已经窥探了别人的内心，并且决定别人的内心已经坏透了，没有一丝值得挽救的善意一样。

我至少能做一件事，那就是讲完我已经开始讲的故事。现在我们没时间了，我必须要加快进度。我需要在五月一日前讲完我的故事，希望这故事能让你的注意力从那些最后的准备中解脱出来，比如说最后一餐，我想那会是芝士汉堡配卷薯条和有两根吸管的奶昔，当然还有一份番茄酱包，以提醒你那些美好的时光。无论如何，让我们继续吧，因为我们要赶时间了。那么，想象一下一只大手把时间呼地一下调回十二个月前的去年一月吧，就从我和劳伦在新学期的第一天课间穿着大衣坐在学校外面的台阶上，还冻得浑身发抖开始讲好了。

第十章

“那么，后来的聚会怎么样？”我问。

劳伦十指相握，往手心里吹着热气取暖。“很好啊。实际上非常棒。不过麦克斯很想你。你走后他一直吊着脸走来走去，甚至在玛丽想去拉他的时候还拒绝了呢。”

“什么？”我尖声问道。

“别担心，他什么也没做。她也只是试了试。说实话，她真是醉得一塌糊涂。跌跌撞撞地走过来，都不知道她在干什么。她在我家车道上吐了一地，第二天早上，我看到一只黑鸟还吃那东西来着。”

“是怎么发生的？”

“那鸟就飞下来，开始在角落里啄——”

“不是，”我打断她说：“麦克斯怎么拒绝的？”

劳伦解释了玛丽如何踉踉跄跄地走到他身边去吻他，但是他把头扭开了，可能是在想我。

“要么是在想你，要么是因为她身上都是呕吐的臭味，”劳伦说。“不管怎样。我都觉得他喜欢你。”

我自从聚会以来的沮丧缓和了一点。那么，如果艾伦把那些事说出去了怎么办？他弟弟是对我感兴趣的，我必须让他继续感兴趣，所以那天放学时，我冲出了法语教室，跑下楼梯，来到戏剧教室，我知道，麦克斯的最后一节课就在那儿。他正从演播室里出来，大口地吃着薯片。我挥了挥手，引起他的注意，随后他跟着我走过了转角。

“你还好吗？”麦克斯问。

“我很好。非常开心。不是因为回学校。而是，你知道，因为见到你。”

麦克斯一边咧嘴笑着，一边擦掉下巴上的薯片渣。“我也是。我在聚会上很想你，佐。”

“抱歉，我走掉了，”我把手放在了他的皮带上。“在事情刚刚开始有意思的时候……”我摆弄着他的皮带扣说。“真遗憾，我们没找到那个空房间……”我拉着他的领带，感觉自己很鲁莽，一点儿也不像我自己。“那么——这周放学后你想做点什么吗？我可以去你那儿？”

麦克斯吃惊地眨眨眼，用一种快要窒息的声音说。“是的，好啊。如果你喜欢……”

“我确实喜欢。那就周三？”

“我每周三要见爸爸。周四怎么样？”

我想起劳伦在十一月说过的一些话。“这是个滑坡谬论”。斯图亚特，那一刻我选择了一头扎进这个谬论。我走上前，亲吻了他的脸。“听起来很完美。”

周四晚上，妈妈把我送到了劳伦家，因为我告诉她，我们要完成那个关于河流的项目。

“那个作业拖得时间有点长呀，不是吗？”

“尼罗河很长啊，”我下车之前冷静地说。

现在回想起来，我难以相信自己当时竟然那么平静，妈妈开走之后，我连风帽也没戴就直接转身离开了劳伦家，大步穿过斑马线，匆匆走过中餐外卖店门口的龙形绿灯。别误会，我站在麦克斯家前门门口时，也是犹豫不决。那也是艾伦家的前门。但那不足以让我掉头回去。艾伦已经告诉我了，我有约会任何人的自由。他说让我和他弟弟好好玩。我给自己打足气，在木门上敲了两下。

钥匙叮当作响。合页嘎吱一声。我舔了舔嘴唇，挂上一副微笑的面孔。一束灯光洒在花园的小径上，而我就站在那束灯光正中间，面对着一个穿着工装裤的大约九岁的金发女孩。她的脖子上挂着一个相机。

“你是谁？”我还没说话，她就开口问了。

“我是佐伊。你是谁？”

“菲奥娜。”我笑了，但她没理会。“你来找艾伦还是麦克斯？”

好问题。“麦克斯。如果他在家的话？”

女孩转身跑上楼，前门就那么开着。看到踩脚垫上有两双男孩的运动鞋，我犹豫了，但还是强迫自己跨过那两双鞋，走进了温暖的房间。电视机在厨房里响着，空气中飘来融化的奶酪混合着蒜的味道。还有玻璃杯和盘子碰撞的声音。有人在做饭。

“有人吗？”我尴尬地问。

“你一定是佐伊，”一个声音说。一张胖胖的脸出现在厨房门口。她黑色和红褐色相间的头发扎成了马尾辫。桑德拉微笑着，然后却眯起眼睛。“我们之前见过吗？”

我突然警觉地意识到她在图书馆外见过我，看到我在雪人旁边，和艾伦在一起，所以赶紧说：“没有。”

“你确定吗？你看起来很面熟。”

“哦，我们也可以说见过吧，”我假装随意地说。“我九月份来过，但是我们没有真的——”

“一定是那样！快进来。”我跟着她走进厨房。“柠檬水可以吗？”她问。我还没回答，她就开始倒了，并且用最大的声音喊道。“麦克斯！请坐下，宝贝。他马上下来。”

我照做了，尴尬地坐在厨房角落里的小桌子旁边，假装饶有兴趣地看着电视里的访谈节目。主持人的脸是熟香肠皮的颜色，晒得黝黑，长着皱纹，他正在说，该做测谎仪测试了。

“这是我最喜欢的部分，”桑德拉喃喃自语地说。“吃比萨可以吗？”

“太好了。”

“比萨在烤箱里。我还做了些沙拉。”她把一个装满生菜、胡萝卜丝和一些可能是甜菜根的紫色东西的塑料袋摇了摇。“好吧，商店已经帮我做好了。我们今晚就在超市吃饭。”这应该是个笑话，所以我勉强地笑了下，而桑德拉则把沙拉倒进了一个银碗，把碗放在了桌子上。“我们五个人应该够吃了。”

我，桑德拉，麦克斯，菲奥娜，还有艾伦。

我的双腿在桌下紧绷，膝盖紧紧地并在一起。这样的事迟早会发生的。这样的事实际上就要发生了。而我就将经历这个过程。

“……麦克斯两秒钟之前才告诉我你要来，所以恐怕也只有这样了。不过，每个人都喜欢比萨，不是吗？”

我重新回到谈话中。“是的。是的，每个人都喜欢。”

“麦克斯！”桑德拉抓着五副刀叉又喊了一遍。“菲奥娜！艾伦！晚饭做好啦。”

楼上发出了地板咯吱作响的声音。两兄弟从床上跳下来。两双脚踩在地毯上。

我身后有个声音。我做好了准备，但发现只是菲奥娜。她给自己倒了些橙汁，从桌子另一边看着我。

门厅里响起更多的脚步声。这次是更重的脚步。有两双。

我转过身，看到了他们。他就站在那里，因为，斯图亚特，我的眼里只有艾伦，他穿着简单的T恤和灰色牛仔裤，很好看，他的脚趾头又长又直，踩在地毯上。有什么东西在我们之间的空气中跳动着。

“亲亲她，”麦克斯走进厨房的时候，菲奥娜突然笑着说。

“菲奥娜，”桑德拉警告了她一下。

麦克斯捏了下我的肩膀，在我右边坐下来。我左边还有一个空位。“我跟妈妈说我们不需要吃东西的。”

“没关系，”我说，而艾伦此时也从震惊中恢复过来了。

“这不是，”麦克斯低声说。“太难为情了。”

我摸了摸他的腿，喘了一口气说：“别担心。”

“唔，悄悄话啊悄悄话，”菲奥娜说。她从碗里取出一片生菜叶扔进了嘴里。“肉麻掉牙。卿卿我我。”

艾伦从橱柜里拿出一只玻璃杯，用力地打开了水龙头。水花四溅，把他的T恤都喷湿了。艾伦脸红了，赶紧用茶巾擦干了衣服，而麦克斯却笑起来。他几乎是用慢动作从水池那边望向桌子，先看了看我旁边的位子，又看了看他妹妹旁边的位子。他揉着鼻子，绕了一大圈走到了菲奥娜身边。

桑德拉把比萨放到沙拉旁边，热气让银碗起了水雾。菲奥娜在水雾上画了一个桃心，然后朝我这边笑了。

“意大利辣香肠比萨，火腿菠萝比萨，玛格丽塔比萨。每人一半，”桑德拉说。

“我的，”菲奥娜说着抢走了一半芝士和西红柿的玛格丽塔比萨。麦克斯拿了一半意大利辣香肠比萨。桑德拉选择了火腿菠萝比萨。我向前倾时，艾伦也向前倾。我俩的手都伸向了玛格丽塔比萨，那块比萨就那样悬在我们之间。

“你吃吧，”他放开比萨的脆皮说。

“你想一起吃吗？”

那晚，艾伦第一次直视我的眼睛。“不想。”

菲奥娜一边吃一边玩弄她的相机，向桑德拉那边倾斜着屏幕。

“这是我昨天拍的一张。还有一张我昨天上学前拍的草的照片。瞧，”她说，因为桑德拉正直愣愣地看着那个访谈节目。“水珠闪闪发光是因为有太阳。”

“很漂亮，”桑德拉说。“圣诞节礼物，”她跟我解释。“她是个初露头角的摄影师。”

“笑一笑！”菲奥娜突然把相机对准我的脸大叫起来。我还没来得及摆姿势，闪光灯就已经曝光了。“真糟糕，”她咯咯地笑着，按了一下按钮把照片展示给艾伦看。

“真糟糕，”他附和道。

“给她一个微笑的机会吧，”麦克斯说着，取了一块比萨扔进嘴里。“重新拍一张。”他搂住我，朝着相机咧嘴笑了。我别无选择，只好也笑了，但双手紧握，嘴唇僵硬，而艾伦望向了别处。

大家又继续吃饭了，一片沉默。只有牙齿咬到比萨硬皮的脆响和嚼起奶酪的咕叽声。当访谈主持人把第一个没通过测谎的嘉宾带上台时，真是让人松了一口气。观众们都站起来起哄。

“观众为什么要那样？”菲奥娜问。

“因为他是个骗子，”桑德拉呆呆地盯着屏幕解释。“就像大多数残忍的男人一样。”

“他在什么事上骗了？”

“骗了什么，”艾伦纠正她说。“而且应该用人……他骗了什么人？”

我费力地咽下最后一口比萨。

“那么，他骗了什么人？”菲奥娜一边催问，一边用手指绕着盘子转了一圈，把比萨屑粘干净。

“他的女朋友，”艾伦说。

“他干什么了？”她问。

艾伦把刀叉放下。斯图亚特，那副刀叉正对着我。“他亲吻了别人。”

“差不多，睡了她，”麦克斯说。

菲奥娜开始笑。“睡了，”她重复道。

“我谢谢你了，麦克斯，”桑德拉叹了口气。“她才九岁。”

艾伦突然站起来，拿起自己的、菲奥娜的和桑德拉的盘子，向洗碗机走去。桑德拉给自己倒了一大杯红酒。

“有谁想吃布丁吗？喝杯茶？”

麦克斯拍了拍肚子，意思是他已经饱了。“我和佐伊要上楼去。”

“去睡——”菲奥娜开口说。

“够了，”桑德拉厉声说。

“谢谢你的晚餐，妈妈，”艾伦说着大步走出了厨房，头也没回。

“别担心，亲爱的，”她大声说。“祝你复习顺利。他明天要考试，”桑德拉告诉我。“考历史。他是个聪明的孩子。”

“是啊，”麦克斯说，声音中掺杂着骄傲和嫉妒。“他有大脑，我有大——”

“说实话！”桑德拉翻着白眼说。“你知道，我就坐在这里！”

“我要说的是‘心’，”麦克斯开玩笑地说着，把手放在了胸口。

我们走进门厅时，桑德拉哼了一声，把电视机音量调大了。

我们在麦克斯的房间也做不了什么，因为他妈妈在家，所以我们坐在他床上尴尬地聊着天。在第三次长时间的沉默后，我四处看了看，急切地想找到另一个话题。

“那是你爸爸吗？”我看到墙上一张大相框所以问道。相框里是一个留着胡子的男人的照片，他腿上还坐着一个小男孩。“你看起来很可爱。”

“但是你看到我穿的是什么了吗？”

我看着那条小小的黄色短裤笑了。“你那时几岁？”

麦克斯站起来，凝视着照片。“不知道。差不多七岁吧。”

“你想他吗？”

“不想，”麦克斯大声说。

“除了他的大胡子，他看起来很好。”

“现在都过去了。显然他的新女友并不喜欢他的胡子。”

“我能问你些问题吗？”我突然说。

“如果你想的话。”

“他们离婚的时候是不是很糟糕？”麦克斯退缩了，所以我喃喃地说：“你不需要回答这个问题。对不起。只是我爸爸妈妈总是吵架，所以有时候，你知道，我想他们可能真的会……但是无论如何。他们也可能不会离婚。”麦克斯的脚探到书桌底下，用脚后跟勾出一个球，然后在房间里运着球，一直没看我的眼睛。“你运球运得很好。”

“还不够好，”他咕哝着，把球踢到了衣柜上，震得衣柜直响。

“别装蒜了！你是学校里踢球踢得最好的，你知道这一点。”

“是的，但是全国有多少所学校呢？”他一边问，一边轻松地把球在两脚间来回传着。

“我不知道。”

“猜一猜。”

“两万所？三万所？”

“比如说有两万五千所吧。那就有两万五千个像我这样的小子。都是他们学校踢得最好的。”他把球踢向我，令人惊讶的是，我竟然把球直线传了回去。“两万五千人。你认为有多少人能成为一名职业足球运动员？”

“完全不知道，”我低声说，“不过我明白你的意思。你成功的机会渺茫。”

“不像我哥哥，他什么都做得好。足球是我唯一会做的事情，但我还做得不够好，不能靠它谋生。”

“真衰。”

“是呀。”他把球传给我，但这次我没接住，球滚到了床底下。我俯身去捡球，却突然停下了，因为我发现阴影里藏着什么东西。

“那是……”

“不是！”

“就是！”我指着他床底下一个完成了一半的拼图叫了起来。少说也有五百片摊在一个托盘上。完成的那部分显现出一个有成千上万球迷的足球场。

“别拿出来！”他嘟囔着，因为我把拼图拿到了他的被子上。

“这真是太有才了。”

他不确定地盯着我。“是吗？”

“完全太有才了。”

“只是个拼图而已，”虽然他只是低声说着，但他看起来很高兴。

“哦，不，”我摇着头说。“这不只是个拼图。这是证据。”

“什么的证据？”

我忽闪着睫毛。“证明强大的麦克斯·摩根是个秘密极客。”

“我没那么夸张，”他说。但是我们把拼图放在两人中间笑了，开始一起拼拼图。

这拼图很好玩，也很难。有一大片球场要拼，而且每一块都是一样的绿色。一个小时后，我们拼完了角旗旁边那个部分，走进客厅之前，我们又审视了一遍拼图，感觉很满意。桑德拉已经大张着嘴在沙发上睡着了。

当麦克斯摇醒她时，她迷迷糊糊地说:“我一定是睡着了吧？”

“感谢您的邀请，”我说着，穿上了大衣。“感谢您的比萨。”

“别客气，”她睡意蒙眬地笑着。“你怎么回家？”

“走回去。”

桑德拉用脚拨开窗帘看了看。“你不能走回去，宝贝。外面漆黑一片，而且很冷。”

“我没事，真的，”我走向门口说。“不过我现在就得走了。我妈妈想让我10点钟就回家的。”

桑德拉用手指梳着头发说。“我感觉很难受。我本想送你回去的，但是我喝酒喝得太多了。”

“让艾伦送？”麦克斯建议道。

我的胃一阵绞痛，因为内疚，因为紧张，也因为希望。桑德拉已经站起来，急急忙忙地走出了房间。

斯图亚特，你可以想象我站在屋外跟麦克斯道别，而艾伦正爬进DOR1S号车时，气氛有多紧张。尽管我们过得很愉快，我却还是想不吻别就赶紧逃离。但是汽车头灯打开时，麦克斯靠近过来。在刺眼的灯光下，他用手托着我的下巴，把嘴唇覆上了我的嘴唇。我从艾伦的角度想象着这一幕，因为自己报复成功，努力保持着感觉良好。然而，任何一种荣耀的感觉都只是在我空洞的内心里蹦来跳去，就像“有名无实的胜利”那句话说的一样。

麦克斯走回屋内。只剩下我和艾伦了。艾伦和我。我吸着脸颊内侧，把一只脚伸进了他的车里。

“抱歉，麻烦你了。”艾伦没有回答。我一关上车门，他就直视前方，发动了引擎。“我很感谢你送我。”他开始倒车，沿着车道向后倒去。“外面很冷，”我又试了试打开话题。而艾伦只是打开了收音机。

我们默默地开着车。穿过了斑马线，开过了教堂和那家中餐外卖店。那条翠绿色的龙形灯在窗边呼啸而过。艾伦紧握着方向盘，后背挺得笔直，双臂伸到前面，紧紧地抱住肘部。我把收音机音量调小，再次试图聊聊天。

“你复习得怎么样？”

艾伦把音量钮使劲往相反方向一拧。扩音器发出刺耳的声音来抗议，一个歌手在收音机里咆哮着“爱——”，就像那样，听起来震耳欲聋、痛彻心扉，又毛骨悚然。

我们在红绿灯前猛地停了下来，艾伦一脚踩在刹车上，踩得太狠了。挂在后视镜上的红小姐撞到了车窗上，又转了一个圈。我用手拍了它一下，它来回摆动起来。

“别碰它！”

我又拍了它一下。艾伦摇了摇头，突然关掉了收音机。“爱——”一个字还没唱完。

“你真是个小孩，”他说。“一切对你来说都只是个游戏，对吧？”

我双臂交叉。“它只是个愚蠢的‘妙探寻凶’人物而已。”

“我说的不是那个，”艾伦怒视着路面，目光咄咄逼人地吼道。“我说的不是那个，你心里清楚。你以为你在玩什么把戏？出现在我的厨房？来到我家里？”

“你弟弟的家！”我纠正他。“你弟弟的。”

绿灯亮了，艾伦一脚踩下去，车子发出刺耳的声音。

“就是这样而已吗？”他大叫道。

我们飞快地转过一个拐角。“你告诉我的，”我一边回答，一边紧抓着仪表盘。“是你说我们是天造地设的一对。是你让我好好玩的。所以我就这么做了。好好玩啊！”

“好吧！”艾伦喊道。

“确实好，”我把艾伦在上次聚会上跟我说过的话直接甩回他脸上，好像一直怀恨在心，终于夺回胜利一样。我双手颤抖，喉咙干涩，把手指放在胸口。“艾伦，我没有做错任何事情。我有权去约会任何我想约的人。是你自己这么说的。”

泪水在我眼中燃烧。我擦掉眼泪，怒视着费克申路。

费克申路。

妈妈正从家里走出来，准备出发去劳伦家。艾伦放慢了车速，辨认着哪栋房子是我家的。现在，妈妈随时可能朝这边看过来，看到我在——

“开车！”我尖叫道。妈妈的目光落在艾伦的车上时，我赶紧低下了头。“请开车吧！”艾伦犹豫了，咬了咬嘴唇，然后踩了一脚油门，我们就那样从我家门口呼啸而过了。

“发生什么事了？”

“你得开到劳伦家去！我应该早说的。刚才那是我妈妈。她以为我在我朋友家。”

我慌乱地给他指着方向，抄了条小路，好更有机会超过妈妈。我用尽全身力气催着车快点开，就好像这车是我生命竞赛中的那匹马，而我就是那个骑师。我们右转，尖叫着冲向左边，又沿着一条直路疾驰而过。

艾伦轻蔑地说：“你知道，你应该停止说谎。这是个坏毛病。”

我怀疑地看着他。“你现在真想继续这样下去吗？”

“我只是在说。你应该停止骗人。那样是很——”

“那样是很什么？”

他停顿了一下，深吸了一口气，清楚地说出那个词：“不成熟的。”

我挤出一个笑容。“不成熟？是谁把红小姐挂在他的后视镜上？是谁说到魔鬼、鳄鱼和布满毒蛇的黑洞？是谁毫无计划、不知道未来自己要做什么？是谁——”

“别转移话题，”艾伦突然打断了我。“你跟你妈妈说谎，这样是不对的，就此打住吧。”

“谁说就此打住？你？就因为你年龄大点？别逗了，艾伦。你没有权力指挥我做什么、不做什么。我跟我妈妈说什么跟你没有关系。没有任何关系！”

艾伦耸了耸一侧的肩膀。“也许没关系。但是你跟我说的话是很重要的，而你当着我的面撒谎。”

我们开过去时，交通灯变红了。我看了一眼手机上的时间，已经9:55了，不由得低声咒骂。

“你说你爷爷死了。”

红灯

红灯

红灯

绿灯

“走！”我大叫着，我们又一次冲了出去。9:56。

“但是我看到你的那天，你并没有去你爷爷的坟墓，”艾伦步步紧逼。

“没有，但是……”

“你去了我家。我家！”他此刻大叫着，字字都在我耳边回响。“和我弟弟在一起！”

“我知道，但是……”

“还在他的卧室里。而你还有脸皮、有勇气钻进我的车，假装你——”

“够了！”我吼着，一拳砸到了自己的大腿上。“够了。”

9:59。

艾伦开进了劳伦家那条路上。我在座位上探起身，疯狂地扫视着路面，搜寻妈妈的车。没有危险，警报解除。推开车门，我准备下车。

“不用谢，”艾伦用讽刺的口气说。

“哎呀，别孩子气了，”我说着，爬出了车子，冷风吹上了我滚烫的面颊。“非常感谢你送我。这真是太棒了。”

“佐伊，我真不明白你是怎么做到的！”艾伦大叫道，两眼在黑暗中炯炯发光。“我真不明白你怎么能表现得像个贱人！”

“你从来没给我机会解释！”

刚好十点整的时候，我砰的一声关上了车门。艾伦发动引擎，沿着道路飞驰而去，我大声咒骂着他，骂了我能想到的所有最脏的词。寒风吹起，我浑身颤抖，而血液却在发红的皮肤下沸腾着。

“晚上过得好吗？”几分钟后，妈妈问道，而我瘫倒在座位上，掩藏着我的愤怒。我的喉咙哽住了，但是想到艾伦，我硬是不服气地撒了个小谎。

“不错。你知道，一起做个地理项目嘛。”

我想告诉你接下来发生了什么，但是我得就此停笔了，因为我的眼睛都睁不开了。过去的几个晚上，我总是做噩梦。我总梦到大雨倾盆、烟雾缭绕，那只手一遍又一遍地消失，然后在睡梦中惊醒，感觉浑身湿冷。我还没准备好说那件事，但是我会说的。不久后的一天，我会说的。这是我的承诺。

如果最糟糕的事情发生，修女阻止不了行刑的话，到五月一日之前，我们也还有一点时间。一定有一些我们能做的事情，所以先不要放弃，不要以为你因为自己的错误就应该受到这样的惩罚。正如你所见，我也犯了错误。斯图，你不是一个人，别躺在你薄薄的床垫上想着全世界都只看到了你罪恶的灵魂，因为在英格兰，有个女孩知道，你的灵魂中也有美好的东西。

爱你的：

佐伊 XX

1月22日

于 巴斯 费克申路1号

嘿，斯图：

几个星期来，我都没看到那只蜘蛛了，但是角落里又结了几张新网。我估计它正躲在暗处，看着我写信，抄下我的文字，然后用

银色的丝线在天花板上拼写出我的秘密。又或许，这是我妄想症发作了，鉴于今天放学后发生的事情，这也并不奇怪了。

我留了下来，想跟我的老宗教教育课老师谈一谈。你会很高兴知道原因的，因为我是想跟他打听打听那个修女的事。

“你为什么想给她写信？”安德鲁斯先生一边问，一边为第二天早上的课做着准备，用紫色墨水在白板上写下了一些关于耶稣的事。

“因为……”我试着鼓足勇气说出我计划好的谎言。

“因为……”安德鲁斯先生模仿着我的语气，在十字架上画了一个火柴人。

“我找到了上帝。”

“在哪里？”他在耶稣的嘴边画了一个会话气泡，用加粗字体大写一个“啊”。真是啊呀。我没想到他会问这个问题。

“在我的……铅笔盒里，先生。”

“他在借橡皮吗？”

“不是。在数学课上，我打开铅笔盒时，一道光反射过铅笔盒盖子，在桌子上画了个十字。”

“感人，”安德鲁斯先生说。“真的。”他把白板笔放到了桌子上。“她来自爱丁堡的一个叫圣凯瑟琳斯的修道院，她的名字叫珍妮特。”

斯图，珍妮特很快就会收到一封信，这个你不用担心。我走出学校，享受着照在我脸上的阳光时，几个月来第一次感受到了正能量。我一路跑回家，开始我的活动计划。我要把你的诗歌打印出来寄给那个修女，把你所有的优点写在一张要点清单上，好让她清晰地看到你是：

- 一个善于倾听的人
- 善解人意
- 创造力强
- 跟哈利·波特很像，因为——

正在这时，我看到了它。

DOR1S号汽车。

就停在我家门外。

一双棕色的眼睛注视着我沿着人行道向前走。

“嗨，”我从路的另一边打招呼说。

“你去哪里了？我一直在等你。”

等我？“我的宗教教育课老师……我留下来跟他谈了谈。你为什么开车……我是说，你为什么开他的车？”

“我的车在保养，”桑德拉解释说。“这车已经在车库停了几个月了。”

我无法把视线从它身上移开。蓝色的旧门，凹陷的车顶，还有三个轮子。

“一切都好吗？”桑德拉示意我过去的时候，我问道。我在车窗上瞥到自己的影子，苍白的脸颊，警惕的双眼，比我意识到的还要瘦。

桑德拉突然笑了，但是看起来很奇怪。笑得太紧张了。“我有个好消息。”她解开安全带，从车里走出来时，我有点退缩了。“我们将举办一个追悼会。”

“一个什么？”

“我今天下午才想到的，然后就直接来这里告诉你了。我想纪念一下他去世一周年。为他做点特别的事情。”她把瘦骨嶙峋的手放在我的肩上，完全误解了我受到惊吓的表情。“别担心。也会让你加入的。你可以朗诵啊什么的。”

“不！”我说。桑德拉还在笑着，但是眨了眨眼睛。“我不知道自己能不能朗诵。反正不能在大家面前朗诵。”

她用力按着我的肩膀。“我知道这很困难，但是我们需要做些事情，来保持他的记忆。”斯图，我听到这话差点大笑出来。好像他的记忆会消失似的。好像那记忆就能那么容易消失似的。她屈身回到车里，从手提包里拿出一个笔记本。“我有一些想法，”她说着，翻过了很多很多页自己潦草的笔迹。“你有时间听我说一两个吗？”

“我有长笛课，”我当场编了个理由，脱口而出。

“喔，好吧，那没关系。”她把笔记本合上。“也许下次再说吧。”

“当然，”我说着，赶紧走开了。“回头见。”

我还没走到车道上，她就大声问：“那具体什么时候呢？”

我停下来，头也不回地说：“你想见的时候都行。”

“我给你打电话好吗？你可以来我家。也许这个周末。我们可以一起计划计划。”

我闭上眼睛，努力掩饰自己正在膨胀的愤怒。“我这个周末很忙。”

“整个周末都忙吗？”

“哦，不是，但是——”

“那我就给你打电话吧，”她说。我转过身，看到她钻回车里，肩膀碰了一下红小姐。那个红色的身影左右摇摆，我开始想念艾伦。思念的痛啃噬着我的每一根骨头，好像浑身都得了牙痛一样。斯图，这跟一年前那次吵完架，而他一直没有打电话，我却为他憔悴不堪时的感受一模一样。

第十一章

艾伦排除在外了之后，就真没有和他弟弟断绝关系的需要了。而且，自从那晚一起拼了拼图，情况也有所好转，所以我们成了固定的一对情侣，虽然这有点奇怪，就像花生酱配果冻一样，我猜这可能是你最喜欢的食物之一。当然，我没有再去过他家，不过，只要我能想出个告诉妈妈的借口，我们就去城里约会，而且几乎总是在小河边，因为那里很安静，还有一条被垂下来的树枝掩盖着的长椅，下雨的时候能让我们躲雨。

爷爷被从医院搬到了一家养老院，爸爸尽量地多去那里探望爷爷，帮助他安顿下来。情人节那天，我在上学前吃早餐的时候，爸爸拿着一张卡片从楼梯上走下来，然后把卡片放在了妈妈正在厨房里熨烫的一大堆衣服上。妈妈没有表示感谢，只是看着爸爸把一个包扔在地板上，然后把面包放进了烤面包机，熨斗在点点的裤子上冒着热气。

“你还去那里吗？”她叹了口气。

“给他带些照片去。这很管用呢。说实话，他讲话也讲得更清楚了。上次他说了一遍主祷文，几乎没有任何错误。那些护士也很棒，真是令人印象深刻。我们正在共同努力，让他——”

“真遗憾他们不给你付费……”

“我也不是在找工作啊，”爸爸一边回答，一边往烤面包机里仔细看了看。

“哦，你在那里也找不到工作。”她把牛仔裤折起来，然后捡起了那张放在衣服堆上的情人节贺卡，把它打开。那一秒，她的脸变得柔软了。“谢谢你，西蒙。”爸爸在面包片上涂着黄油，看上去对自己很满意。

斯图，我确信你们在美国也过情人节，可能比我们在这里要过得更隆重，因为我在电视上看到过你们国家过节的时候多疯狂。有一次在一个关于万圣节的纪录片里，一位来自加利福尼亚的老人把自己的脸涂成了黑色，有人问他“你是巴拉克·奥巴马吗？”，老人回答“我是O.J.辛普森”，我当时没听明白这个笑话，但是其他人都吃着南瓜饼大笑起来，所以我猜，2月14日也是一样好玩。我估计，在爱丽丝告诉你她与你弟弟的婚外情之前，你一定常常在这一天为她做很多事情，比如用烛光和花瓣引向你家阳台上的烛光晚餐，又或许，你会用一串番茄酱包当路标，那样你妻子就会循着路标找到芝士汉堡、卷薯条和有两根吸管的奶昔。

我并不爱麦克斯，但是除了给他送张贺卡，我还有什么选择呢？所以，我给他买了一张穿比基尼的北极熊的卡片，在午休的时候送给了他。卡片里写着“你让我感觉好热”，我又加了一句“就像全球变暖”。麦克斯面无表情地盯着这行字，但是我知道，要是艾伦的话，肯定会大笑，所以我拿着餐盘坐下的时候，感觉一阵心痛。我一边在脑子里用刺耳的声音责骂自己，一边比平常更有决心地啃着鸡块，迫切地想为麦克斯的笑话大笑，但是他一个笑话也没讲。说实话，他看起来很痛苦，只吃了几根薯条。

放学后，我们共度了一个小时，因为妈妈带点点去接受语言治疗了，所以我们沿着河边散步。当我们找到那个常坐的长椅时，一些苍头燕雀在树枝间飞着。麦克斯捡起一块石头，开始在木椅上刻字，一只苍鹭从空中飞出，落在我的脚边。

“看啊！”我指着那只把长长的黄色嘴巴伸进水里的大鸟叫道。麦克斯几乎瞄也没瞄。“你还好吗？”我受够了他的情绪问。“你一整天都闷闷不乐的。”

“我好着呢。”

“你看起来可不好。”

他手里的石头不动了。“今天是星期三。”

“所以呢？”

“我每周三见我爸爸。正常情况都是这样，无论如何吧。但是，无所谓了。”麦克斯又开始在长椅上刻字。“他带他女朋友去吃饭了。不过我不在乎，”他快速说。“这并不影响我。”

“当然影响了，”我轻轻地说。“但那也无妨。”他几乎察觉不到地点了点头，也许只是在我想象中点了点头，然后很快站了起来。那只苍鹭忽闪着一对巨大的翅膀，从水边飞走了。麦克斯丢掉石头，指着椅子。

MM+ZJ

2月14日

“情人节快乐，女朋友，”他喃喃地说。“你知道，如果你愿意的话。”

他看起来那么尴尬又紧张，所以我伸手去握住他的手，只说了声：“是的。”

虽然我把那个词说出了口，但是我知道那感觉不对头，索普也看出来了，她躺在床上，头在床沿外悬着，倒着看我，两颊因为充血而发紫。

“所以你们不再是‘什么其他的关系’了？”我回到家时，她问。

“不是。”

“你听起来对这事不太高兴呀。”

“我高兴，”我说谎了。“我当然高兴了。对方可是麦克斯呀，对吧？每个人都想和他在一起。”

“你会告诉妈妈吗？”

我在她身旁躺下，也把头倒着，头发扫到了地毯。“我不想死。”

“她可能根本不会在乎，”索普说。“尽忙着担心点点啦。”

“更像是担心爸爸，”我说，因为他去探望爷爷还没回来，而妈妈正怒火中烧。一家短工中介公司给他手机上留了条信息，说有个几星期的工作，但爸爸没看到，因为他忘带手机了。我能听到妈妈在楼下踱来踱去，不时地停下来，无疑又在拉开窗帘看车道上有没有人。“我希望他能找到一份工作。或者爷爷能好起来。”

“或者死掉。”

“索普！”

“我只是开玩笑啦！”她说着，从床上滑下来，滑到了地毯上。她举着头，眨了十次眼睛，血液才回归正常。“但是能从他的遗嘱中得到些钱也挺好的。”

“你会拿它干什么？如果说你得到成千上万英镑的话？”

她懒洋洋地躺在地上，四肢展开。“搬到一个有游泳池、有新房子、有能盛下数百只兔子的大笼子、街角就有所新学校的阳光灿烂的地方去。”

“那件事情况怎么样？”我愧疚地问道，因为自己被艾伦和麦克斯的事情占去了太多精力，已经有段时间没有过问过了。“有好转吗？”索普犹豫了，玩弄着她的手指上的心情戒指。“他们还在那么做吗？”

“差不多吧。”

“差不多是什么意思？”

“有段时间还好，但现在他们起的外号很难听。”

我努力在床上翻了个身。“比如说？”

“我不想说。”她从地毯上捡着绒毛，躲避着我的眼神。“但是上星期，那个叫波西娅的女生打我了。”

“她打你了？打哪了？”

“不重，”索普赶紧说。“没留下淤青什么的，但现在还疼呢。”

“我们得告诉妈妈。我们真得说，索普。”

慢慢地，她点了点头。我陪她待了很久，她爬上床后，还帮她打开电视，那样她就不会听到爸爸回家时不可避免的争吵了。然而，我的计划并没起作用，因为这场争吵太激烈了，斯图，可能你在得克萨斯都能听见。

“我忘了，好吗？是错了！”

“你大概是故意把手机留在这里的吧，这样你就不用——”

“我想找份工作！你以为我为什么要填好几百份申请表？”

“别夸张了！”妈妈争吵道，我在楼梯上听着。“好几百份吗？拜托！”

“好吧，我比你做的多百分之百。”

“是我让这个地方正常运转！”妈妈吵着。“要不是我——”

“要不是你，我们都可以松一口气了！简，你的控制欲太强了。我告诉你吧，我坚决反对。我受够了。”

我想象爸爸妈妈在房间的两边瞪着对方。

“是不是因为你爸爸？”

“部分是的，”爸爸承认道，他声音中没有一丝歉意。“你不能阻止我的孩子看望我的爸爸，简。这不公平。”

“他们去看望他也不合适！”妈妈抱怨道。“这正是我不相信你的判断的原因，西蒙。想让我同意我们的孩子去养老院跟一个疯子说话——”

“别那么说我爸爸，”爸爸警告道。我脑子里想象着他伸出一根颤抖的手指。“你敢。”

“我就是敢！”妈妈大叫着。“我可以发表意见。你花着我们的钱，每天开几英里车去看那个人，而不去做你应该做的、更有用的事。”

“我挣的钱！”

“是你不再挣的钱，”妈妈纠正他。“是我们花不起的钱，因为你找不到该死的工作！”

“我不会接受拒绝工作的人提出的工作建议。”

“我的工作就在这儿，”妈妈开始说。“就是和女儿们在一起。得有人照顾她们，并且阻止你做些危险的事情，比如——”

“带我的孩子去看他们的爷爷并不危险！”

“荒唐！”

“你才荒唐！那根本不会给她们带来任何伤害。你不想让她们长大，或者学会独立，或者面对世界。”

“是我想让点点植入人工耳蜗，那样她就能听到这个血腥的世界！”

“她很高兴！”爸爸争吵道。“真的很高兴。”

“她在挣扎，西蒙。这是语言治疗师今天告诉我的。她学习唇读的速度没有她本可以学的那么快，而且——”

“她可以打手语，她在学校有助手的帮助也学得不错。没必要把她再送进医院，再那样扰乱她。”

“但是那样她就能听到了啊，”妈妈用颤抖的声音说。“能听到音乐，电视，我。”

“她也会听到一大堆电子嗡嗡声和尖叫，这和现实世界完全不同。而且有可能根本没用。你看上次发生了什么！不行，”爸爸坚定地说。“不值得冒那个险。你太自私了！”

“自私？我做的这一切都是为了我们的女儿！”

“你是在为你自己做这些，”爸爸吵着，“你我都知道这一点！”

“那是什么意思？”

“你知道我在说什么，”爸爸吼道。“你想让点点能听到，因为是你的错导致她——”

“滚出去！”妈妈突然吼道，这句话在整个房子里回荡着。“滚！”

我一点也没想过他会走，但是客厅的门砰的一声关上了。前门也被猛地关上了。我紧紧地抓着栏杆，喘着粗气。我盯着自己的脚趾头，不知该做些什么，然后有扇门嘎吱一声响了，索普惊恐的大眼睛出现在她的门缝里。我让她回去睡觉，但是妈妈开始在客厅里哭起来，所以我俩赶紧跑下了楼梯。

“妈妈？”我的声音在那一场剧烈的争吵后听起来很安静。“妈妈，你还好吗？”

她伏在皮沙发上，后背颤抖着。“我……我还好。”

索普走过来，强坐在妈妈的腿上，双臂搂着妈妈的脖子。

“这到底是怎么回事？”我问，声音听起来很沮丧，也懒得掩饰了。爷爷、妈妈、她的工作、点点——这些都没听明白。“你犯了什么错？爸爸什么意思？”

“没什么。”妈妈擦干眼泪，声音还在颤抖。

“不是没什么！”我爆发了。我可能表情很愤怒地站在妈妈面前。“爸爸刚刚离家出走了！”

“他平静下来五分钟后就回来了，”妈妈说着，把索普从她腿上抱下来。“你有点重，宝贝。”她站起身，深吸了一口气，然后在袖子上擦了擦鼻子。“他真是倔得要死。就是不让点点接受可能帮助她的东西。还对我施压，要带你们去看爷爷，尽管他非常清楚发生了什么。”

“到底发生了什么？”

“哦，我不会被欺负的，”妈妈说着，把头发别向耳后，完全没听到我说的话。“绝不会。”

“索普被欺负了，”我用这种尖锐的方式说。“真的被欺负了。被他们班的女生欺负了。”妈妈急忙转过身来看着她，而索普则摆弄着她睡衣的上衣袖子。“已经有一段时间了，现在情况越来越差。你得做点什么了，因为情况真的很糟糕。不只是起外号什么的。那个叫波西娅的女生还打了她。”

“什么？”

“是真的，”我看着妈妈脸上惊讶的表情说，希望她能醒悟过来。“我就是觉得，你应该知道，除了你和爸爸的事，还发生了一些事情。”

正在那时，爸爸腋下夹着一份报纸回家来了，他那只浅色的眼睛是灰色的，乌云密布。他俩都没有道歉。妈妈看着爸爸坐在扶手椅上，爸爸看着妈妈拉展散热器上的衣服。我不知道他们在想什么，但是斯图，我很确定，他们想的一定与金色的绸缎、岩池或者星光无关。

爱你的：

佐伊 XX

2月13日

于 巴斯 费克申路1号

嘿，斯图：

还有不到两个月了。我不知道你是不是已经在日历的五月一日上画了个叉的标记，又或许，你只是写下了“下午六点，注射死刑”。我只能说，我希望你不怕针，因为劳伦在学校打疫苗时，曾经晕过两次针，差点儿吞了她自己的舌头。知道自己何时将死一定感觉很奇怪。所有紧张情绪的铺垫。有点像过圣诞节时的准备过程，只不过没有火鸡，除非你点了火鸡作为最后一餐。无论如何，也有可能结局不是那样，所以，让我们先别开始想象火鸡填料什么的，因为谁知道呢，如果那位修女能做些事情的话，也许你能再多活几年。谁也不知道一个月后，或者两个月后会发生什么。当我开始为追悼会紧张的时候，我就是这样不停地告诉自己的。

如果你想知道的话，追悼会将在学校举行，因为桑德拉得到了校方的同意，可以在五月一日租用大厅，提供由食堂阿姨准备的两道晚餐。

“追悼会会很好的，”上周末，她在玻璃暖房里说。妈妈笑着，而我则想着用葡萄干布丁纪念逝者的事。“而且追悼会还能帮学校筹钱。十五英镑一张票。当然了，你会免费得到你的票的，”她拍着我的腿补充说。我假装膝盖发痒，把腿挪开了。“你有没有想过要朗读些什么吗？”我没有回答。我不能回答。太阳冲破云层，把我紧紧地固定在沙发上，就像一枚滚烫的金色图钉。

“你在学校很忙，不是吗？”妈妈说道，而汗水从我的毛孔里慢慢渗出。

“好吧，我觉得如果能读一些私人的东西会很好。一些她自己写的东西，”桑德拉继续说着，好像我不在现场似的。“一些来自她内心的东西。”

“你很擅长写作，佐，”妈妈说着，拉住了我的手。“你是个可爱的作家。”

这话说起来好听，但是斯图，当我早些时候试着写作时，我能写的一切就只是把他的名字下面画了五道线。我把纸揉成一团，沮丧地吼了一声扔进垃圾桶，然后又用脚狠狠地踩踏，踩得脚都疼了，但是我活该。所以我一遍又一遍地这么做，恨自己带来的伤痛和自己做过的事情。

如果能忘记那场雨、那片树林和那只正在消失的手，将会是一种幸福，就像爷爷中风之后一样，迷迷糊糊的，把记忆抛到一边，只想要一碗草莓果冻。

如果我忘不掉，那我就需要把它说出来，现在比以往任何时候都需要，因为，斯图，我们的时间不长了。不管有多难，我都得继续，因为你是唯一能理解的人，而如果五月一日事事不顺的话，那我就没机会了。你会死了也不知道我最坏的一面，而我却已经知道你最坏的一面，那不公平，因为我们风雨同舟，所以别担心，我会继续讲下去，一直讲到最后时刻，好让你分心，让你不再在牢房里感到孤独，我猜，你的牢房现在看起来比以前更小了，外面的世界也越来越远了吧。

第十二章

我们从点点二月十六日六岁生日开始讲吧，所以你可以想象，她跳到我的床上，把我叫醒的样子。实际上，如果我记得清楚的话，她是跳到了我的头上，用她的膝盖撞着我的头。

“今天是我的特殊日子！”她对着我的脸打着手语，所以我能看到她的手。她的小手指掠过我的鼻子。

“我知道啊。”

“那么，我的礼物在哪里？”

我假装倒吸了一口气。“我忘了！”

点点眯起眼睛。“你撒谎。”

“不，真的。我忘掉了。”点点抓住我的耳朵，用鼻子抵着我的鼻子，仔细地审视我的表情。

“骗子！”她四处乱跳，疯狂地打着手语。“骗子，骗子，骗子！”

我笑着下了床，打开衣柜去拿藏在鞋子下面的礼物。点点撕开包装纸找到了一个金色的塑料皇冠，前面写着“世界女王”。她惊奇地注视着皇冠。

“你喜欢吗？”

“我超喜欢！”

我们坐在卧室的地毯上，假装喝着白金汉宫的茶。

“我能告诉你一个秘密吗？”她打手语问。我假装吃了一块饼干，然后等着她说。“你是全家最好的人。真正最好的人。”

我用假想的茶杯碰了碰她的鼻子。“谢谢。”

“这是我收到过的最好的礼物。比妈妈给我买的还要好。”点点皱着鼻子。“她给了我书。填色的那种。她没给我我要的东西。”

我转过头看着她。“你要了什么？”

点点回头看着我，一脸难过。“新耳朵。”

“那就是你向圣诞老人要iPod音乐播放器的原因？”我把她拉到我腿上问。“你是不是也跟圣诞老人要了？新耳朵？”

她点点头。“但是只在我那封信最底下的备注里写了，所以他可能没看到。”

“可能是吧，”我为她心痛，勉强说出这句。我抱着她，轻轻地左右摇摆，心里知道这不会有帮助，但是只想做点什么。

她抬头用绿色的眼睛望着我。“我为什么生来就是这样？”

“我不知道。这些东西是你不能选择的。”

“嗯，我认为这不公平。”

“不公平，”我回答。“我也认为这不公平。”

我整个上午都在不断地想她。洗澡时想，早餐时想，去图书馆的路上也想。说实话，我把一些旧书固定在总服务台上时，辛普森夫人正在喋喋不休地说着她在家里做的装饰，但我几乎都没听到。

“所以最后，我只选了个橄榄绿色的地毯。”

“太好了。”我用大拇指捻起一卷胶带，想知道这是不是妈妈每一天都担心点点的感觉。

“我的意思是，我也曾短暂地考虑过鼠尾草绿色，但我认为那种颜色有点强烈。”

“真的吗？”

“说实话，佐伊，我这辈子还从没见过那种颜色的鼠尾草，这点我应该是了解的，因为我经常做饭，我就是那么跟那个售货员说的。不要那个，我认为我已经做了正确的选择。橄榄绿更好，更宁静。”

“是啊，当然了。”

“而且巧的是，也更便宜，所以我可以——那不是你的朋友吗？”辛普森夫人问道。

“当然了，”我根本没听就回答了。

“在那边？旋梯旁边那个？”

她用书指着一个人，我倒吸了一口气。艾伦正在文学类书架中间游走着找书，一点儿没注意到我。他挠了挠头，无疑是故意显出一副很困惑的样子，想让我上去帮忙。我弄坏了一个标签。站起身。又没了勇气。再坐回来。我的腿在桌下紧张得发抖，然后我跳了起来。我把回收箱底朝天地倒过来，祈祷倒出来的书里能有点文学类的图书。

两本关于编织图案的书。

一本关于桥梁的书。

一本关于宗教的百科全书被我咒骂着扔到了一边。

我把手伸进回收箱，在箱子一角摸到了另一本书。我赶紧把它拿出来。一本乔治·艾略特的小说！我把这本书抱在胸前，急忙走向楼梯。艾伦也拿了一本书，正读着书的简介，从书架前离开。斯图，如果他知道我正急着走向他，他脸上可是丝毫都没有显露出来。我开始上楼梯，他开始下楼梯，扭动、转身，我们的脚步让金属旋梯吱吱作响。我们在旋转楼梯的正中间遇见，就好像站在一个艾伦的巨型DNA双螺旋分子上一样，而我被他包围，也被他迷住了，感觉世界上其他一切都消失了。

“没想到会在这儿见到你，”我说。我甚至笑了，因为我确信他会来道歉。

“这里是图书馆，不是吗？我需要一本书。”他的语调让我惊讶。实际上，让我喘不过气来。艾伦举起狄更斯的什么书。“为了我周一要交的论文而已。我那本落在学校了。这是我来这里的唯一原因。”

我也举起我的书，指指二楼。“是啊，好吧。这也是我在这里的唯一原因。我得把这本书放回书架上去。”

我们瞪着对方，但我们眼中有一种比愤怒更大的东西。我们都没有动。我们都不想动。我堵住了他的路，而他也堵住了我的路，我们就那样继续站在那里，站在那里，人们在我们的头顶和脚下移动着，而我们就悬在两层楼之间。

空气活跃而充沛，有嗡嗡嘤嘤，噼噼啪啪的声音，犹如暴风雨来临前的宁静。

“你不该叫我贱人，”我最后说。

“你不该表现得像个贱人，”他回答，但是我们依然凝视着对方的眼睛，记得那晚以及之前所有的日子，记得那只猫头鹰，那次烟火节，我家旁边那堵矮墙，还有那扇我们用颤抖的双手触碰过的窗户。一千次错过了的机会。

第一千零一次。

“请你让一下，行吗？”艾伦挤出一句话。“我要过去。”

我太失望了，以至于不能拒绝，只好走到一边，让他过去。我们的身体擦着对方过去了，我确信他也感觉到了皮肤上的一阵灼热，楼梯咯咯直响，响声震颤着我们的骨头。

在二楼，一个胖男人走过来询问关于犯罪类的书籍，而艾伦已经来到图书管理员服务台前。

“有美国作家的书吗？”那人问。“我是说，除了格里森姆。”楼下，艾伦正递出他的图书卡。有个棕色的影子闪了一下——是他的眼睛朝我的方向瞟了一眼——他意识到我看到了他这一瞟时，脸稍微红了一下。“我读过他写的每一本书。除了《塘鹅暗杀令》，不过我看过那部电影，所以也知道故事情节。”我的嘴唇因为憋着一大堆想说的话而疼痛。我需要说出来。“当然读书是不太一样的，但是——”

“对不起，”我打断了那人的话，因为辛普森夫人扫描完艾伦的书，盖上了日期戳，他已经朝出口那里走了。“对不起，我得去……”话没说完，我就飞奔下楼梯。“等等。”我低声喊着，跑过前台，辛普森夫人叫了声我的名字。我的手重重地撞在旋转门冰冷的玻璃上，门不停旋转，我飞快地穿过门厅，冲入外面的雨中——那正是英国特有的雨，成线地倾泻，而不是一点一滴地飘落。雨水溅在我的皮肤上，浸湿了我的头发，淋透了我的衣服。我狂乱地四处张望，伸长了脖子和眼睛，在拥挤的人行道上寻找艾伦的影子，但那是无望的。他已经走了。

回到门厅，我在散热器旁瘫下去，蹲在地板上，双手捂着头。就是这样了。我的一次机会又错过了——但随后，我听到了马桶冲水的声音，果然，艾伦从卫生间里出来，在牛仔裤上擦着手。我跌跌撞撞地站起来，冲了过去，我的鞋子扑哧扑哧地响着，刘海乱糟糟地贴在额头上。也许只是一厢情愿的想法，但我在地板上滴了一路雨水朝他跑去时，艾伦的嘴唇似乎抽动了一下。斯图，我不是说这是个比喻，不过也许这就是个比喻，因为我内心的一切都因他的笑容而融化了。

“你瞧，艾伦，我之前并不知道，好吗？”我脱口而出。“我不知道你们是兄弟。一开始并不知道。”如果他确曾微笑的话，那笑容也瞬间就消失了。“我第一次吻了麦克斯，是因为你消失了。那是唯一的原因！你得相信我。”

“我并没有消失多久啊，”艾伦咕哝着，交叉了双臂。“我只是走到路上去接了个电话，因为我妈妈打电话来了，她并不知道我们在参加聚会。”

“我找你了，”我说着，伸出了双手。“我到处找你！而在烟火节上，我吻了麦克斯只是因为我看到你有女朋友而很心烦。”

“但是我没有女——”

“我现在知道了！”我一边说，一边沮丧地抹去脸上的雨水。“但当时，我确实以为你俩在一起，我对上帝发誓。”

艾伦翻了翻眼睛。“那又怎样，你就草草地下了结论，然后和我弟弟走了？”

“这一切开始的时候，我并不知道你们是兄弟，”我叫道，内心拼命地想让他相信我。“我怎么会知道呢？我不可能——”

“但后来你发现了！”艾伦回答。“你发现我俩是兄弟了，你还继续。”

“那只是因为你让我这么做的！”

“那么你只是在利用他？”艾伦问。

“不，我是说……瞧，并不是说好像我不喜欢麦克斯，因为我确实喜欢他。我真的喜欢他但是——”艾伦怒不可遏，戴上连帽衫的帽子就冲出了门。我向他冲去，抓住他的胳膊，在他有机会消失在路上之前把他转过来。雨水飞溅到我的脸上，我喊道：“我们不能对这事就这样置之不理。”

“怎样？”艾伦喊着，把他的胳膊拽开。他的胸膛上下起伏，两人都热血沸腾，我必须让他明白。

“你以为我选择了麦克斯！”

“你确实选择了他！”

“因为我不知道你也是可以选的！”我不假思索，不顾后果地捧起艾伦的脸，把他拉向我，我们的嘴唇就在这样的力量下触碰到了彼此，恰似以最甜蜜的方式让人伤痛。

我们分开了，两人都是一脸震惊。持续了几秒，什么也没有发生。什么也没有发生，而一切也都发生了，因为那一刻，我们都没有表现出一丝的后悔，我俩都带着比任何内疚感觉更强烈的幸福笑了。艾伦环顾周围，确保没人能看到，然后抓起了我的手。我们开始跑，一边向前冲，一边感觉到肾上腺素在血液里歌唱，急切地寻找着能独处的地方。雨下得更大了，似乎上天也是站在我们这一边的，它把人们都困在室内。建筑、鹅卵石、台阶、小巷、教堂和公园——一切，整个城市，在那宝贵的一刻都属于我们。那是有长度也有宽度的宝贵的一刻，斯图，我们把那一刻的每一点都填满了幸福。

这才是生活。

真正的生活。

色彩更明艳了，气味更浓重了，声音更洪亮了。我们冲过树林时，我听到了水从下水道里涌出的每一个汩汩的声音，看到了绿色的每一种色差。我们躲到通向城墙的一座塔里时，我闻到了每一丝雨水、泥浆和烟雾的味道。艾伦在飘着霉味的黑暗中吻了我，他嘴唇柔软，手却急切。斯图，我能闻到他的味道——牙膏、肥皂和除臭剂的味道——没什么特别的，但是我闭上了眼睛，他的手抚摸着我的脖子，后背，头发，或许甚至是我的心。我们的嘴唇移动着，身体挤压着，脚都在水坑里弄湿了也没注意到。

爱你的：

佐伊 XX

3月3日

于 巴斯 费克申路1号

嘿，斯图：

今晚能和你在这里真是一种解脱。这里有条毯子，一定是点点落下来的，所以我蜷缩在毯子下面，很高兴能这样藏起来。说实话，我不知道自己还能装多久。斯图，你可以想象《绿野仙踪》里的一位女演员把台词给弄乱了，她扮演的女巫脸上的绿色化妆品一滴一滴掉到舞台上，当然，于我而言，唯一不同的是，我善良的那一面在融化，慢慢露出下面邪恶的东西。观众会大惊失色。妈妈、爸爸。桑德拉的嘴巴会张得最大。

今天傍晚，她又来了。没有通知。按了三次门铃也没等邀请就走了进来。

“她来这儿干吗？”点点打着手语。“她为什么不洗头？”

“点点问你好，”爸爸咕哝着，把桑德拉带进了客厅，说了些“情况怎么样”“很高兴见到你”之类的寒暄的话，尽管我知道，爸爸见她突然出现一定是吓坏了。

“她身上的味道闻起来很奇怪，”点点比画着。

“我女儿感冒了，”爸爸解释说，因为点点正在她鼻子前摆着手。“我能帮你做点什么，桑德拉？”

爸爸指了指扶手椅，但是她在我坐着的地板旁边跪了下来。她的T恤抵挡不住寒冷的夜晚，瘦弱的手臂上起满了紫色的鸡皮疙瘩。点点没有夸大她身上的味道。桑德拉把她的包翻了个底朝天，使劲摇着，我闻到她的呼吸里有一股浓重的酒味。一些照片掉到了我脚边的地毯上。

“展示用的。在追悼会上用得着。佐伊，我想，也许你想看看这些照片。”

我还没来得及回答，爸爸就皱起了眉头，问：“桑德拉，你是开车来的吗？”

桑德拉只是笑了笑，她的嘴唇上还沾着红酒。“瞧这一张”她说着，举起了一张照片，上面是个小男孩，正对着镜头，胖嘟嘟的腿上粘满了滑石粉。“还有这张！”

“胖婴儿，”点点打手语说。

“可爱，”爸爸说。“很可爱。”

我们听到拖鞋拖在地毯上的声音，是妈妈手里拿着一本书走了进来。当她看到桑德拉把照片铺了一地毯时，突然停住了。

“呃，你好，”她说。“发生什么事了？”

“那个女士疯了，”点点比画着。

“桑德拉来给我们看一些照片，”爸爸说着，瞪了正在咯咯笑的点点一眼。“挺好的嘛？”

一个脸上涂满巧克力、微笑着的、蹒跚学步的小孩。

一个膝盖上有疤的九岁的孩子。

第一张在学校的照片。

最后一张在学校的照片。

一张春季展览会上我站在两兄弟之间的照片。

桑德拉把它递给我，我用两手接住，手却不停地颤抖。我确信，有人能看出来，所以我把照片放在大腿上，把手指夹在两膝之间，痛恨自己的皮肤湿冷发黏。我的脸，那也是不可能隐藏的，我试着微笑，但嘴唇感觉不对劲。

“你想不到一些可怕的事情即将发生，”桑德拉凝视着照片温柔地说。“没有任何线索……实际上，有些事情，我一直想问你，”她低声说着，我的胃突然一阵痉挛。“一些关于那晚的事情。”

“我不确定佐伊是否能回答。”妈妈看到我的脸面无血色，赶紧说：“她不喜欢谈那次春季博览会。”

“但这很重要。”

“我觉得如果我们只是看看这些照片会更好，”妈妈说。“我相信一定有一些很可爱的照片。”

“你当时为什么离开？”桑德拉坚持问，尽管她可能喝了酒，她的目光却很稳定。

“我告诉过你了。我们去散步了，”我说得太快了。

“但是为什么？”

“这张不错，”妈妈指着一张麦克斯、艾伦和菲奥娜三人骑着山地自行车的照片说。“很甜蜜。我们再看看别的照片吧。”她努力捡起一张照片，但是桑德拉把照片都堆成了一堆。

“我想了解我儿子最后的活动。”

我的心狂跳起来，撞击着我的肋骨。我跳了起来，试图逃避问题。“这对我来说很难，”我说。我的眼里含着泪水。“对我来说，讨论这个问题很难。不可能谈的。我一直梦到那个夜晚，我害怕去想它，因为它仍然感觉如此——”

“放松，亲爱的，”妈妈说着，爸爸把手放在了我汗湿的后背上。

桑德拉脸红了，紧紧地抓着那些照片。“对不起。我只是——我不明白你为什么离开博览会。从树林里离开。你们要去哪里？”

“不去哪里。我们玩腻了，”我说谎。“就是那样。我们玩腻了。”

“要是你没有离开，”桑德拉咕哝着。斯图，那时，我两腿颤抖着走出了房间，假装自己想冲杯茶。十分钟后，我依然盯着茶壶，还是妈妈按下了开关。

爱你的：

佐伊 XXX

3月17日

于 巴斯 费克申路1号

我亲爱的斯图：

最后，我告诉桑德拉，我不能在追悼会上致辞。我跑到她家，撞开房门，冲进暖房，我的喉咙里吼出一个字：“不！”

桑德拉眯起眼睛从一堆照片里抬头望着我。“什么？”

“不。就是不行，”我喊道，我甚至用颤抖的手指指着她的脸。“不行。”

四月愚人节，斯图。

有时候在晚上，我会假装过去的几个月是个大笑话。我躺在黑暗中，告诉自己这不是我的生活。我所要做的一切就是等到晚上12点，桑德拉转过弯来，大喊一句“骗到你了！”然后棺材里有个声音会说“四月愚人节哦！”然后我会大笑，一直笑到眼泪从脸上流下来。然后监狱的卫兵会打开你的牢房，你会带着有生以来最轻松的心情跳着走出死囚牢房，你的妻子会在家里等你，没有刀伤可言。

让我们就假装有一刻，那一切真的会发生吧。你闭上眼睛，我也闭上眼睛，让我们跨越大西洋，做同一个梦，点亮我们之间的黑暗。斯图，你能看到吗？你能看到我们就在黑暗的天空中闪耀吗？

我也看不到。

我觉得那位修女不会来拯救你了，因为我在谷歌上没看到任何关于这件事的消息。也许我从未相信会发生这样的事，因为她没有拿着有一百个签名的请愿书站在你的监狱外，我也并不感到震惊。也许我从未期待我们能有个美满的结局。至少，我们拥有彼此，至少在接下来的几天是这样，所以让我们充分利用这段时光，从我们上次停下的地方开始讲吧，从湿漉漉的脚趾头穿着湿透的鞋子，扑哧扑哧地走回图书馆开始讲。

第十三章

等到我们在门厅里说再见的时候，一切都理顺了。艾伦会在那个周末，在我到学校看见麦克斯之前，跟麦克斯把一切都解释清楚。到学校后，我也会跟麦克斯谈谈，跟他当面道歉，因为我不是个胆小鬼。然后，我和艾伦会慢慢来，不再揭他的伤疤，一直等到麦克斯能继续正常生活，我才再去他家。等到下班的时候，我已经说服了自己，相信麦克斯在不到两周的时间内就能度过这一关，然后在学校里成千上万个对他感兴趣的女生中间选一个。

我从雨中带着卷曲的头发钻进车里时，妈妈对我说："你看起来很高兴啊。"

我笑了，整个脸看起来都闪闪发光。"我上班是很有价值的嘛。"

"得了吧！像那样的表情只意味着一件事情。"

"妈妈！"

"你知道，我记得年轻时的感觉，"她说。"无论如何，朦朦胧胧的。那么，他是谁？”

“没有谁！”我叫着，两耳耳垂不由得发红。

“没有谁一定非常好，”她说着，在出发前从后视镜里看了看。“不过，你要小心，好吗？我可不太喜欢你被男孩子们分散了注意力。”

“我没被任何人分散注意力。”

“好的。因为男孩子们都是来了又去，你知道的。不像考试分数，是会永远和你在一起的。”

“真浪漫，”我们把车开到路上时，我嘟囔道。雨已经停了，但是轮胎走过水坑时，水花四溅，我喜欢那水花的声音，喜欢藏在树林上空的灰色天空，喜欢那川流的交通、琳琅的店铺和整个平凡又不平凡的世界。

“这是事实，我亲爱的。将来还有时间和男孩子们约会的，但是在学校你只有一次机会，而且——”我叹了口气，她停了下来。“抱歉。”

我惊讶地看了她一眼。“没关系啊。”

“不，不是的。”她鼓起腮帮子。“也许你爸爸对我有意见。”她拍拍我的膝盖。“但是别告诉他我说了那些话。”

我们默默地走完了剩下的路，两人都陷入了沉思。我们把车停在私人车道上时，索普从卧室窗户上往外偷偷看了一眼，但完全没看到我在挥手，而是猛地拉上了窗帘。

“她怎么了？”我钻出车子问。

“恐怕她心情不太好，”妈妈说。“学校那些女生……”

“她们更过分了吗？”

妈妈看起来很担心地摇摇头。“不全是。”她打开后备箱，递给我一个装在白色大盒子里的，给点点的生日蛋糕。“别掉了！那很贵的。”她又拿起三包东西，跟在我后面进了屋，让我在门口把鞋子脱了。“我昨天跟索普的老师谈话了。”

“你跟她说波西娅的事了吗？”

“我说了。”

“那她说什么？”

妈妈放低了声音。“她说，索普的班里没有叫波西娅的。”

“哦，那她一定是在另一个——”

“而且整个学校都没有叫波西娅的，”妈妈说完，我手里的白色盒子差点儿掉到地毯上。“她瞎编的，佐。全是编的。”

我还没来得及接受这个事实，点点就戴着新皇冠冲出了客厅，兴奋地比画着。

“那是我的公主蛋糕吗？”

“正如你所吩咐的！”妈妈回答。“我特别的生日女孩怎么样？”

“让我看看！让我看看！”

妈妈放下那几包东西，揭开了白色盒子的盖子。点点凝视着粉色的糖衣，两眼放光，然后她飞奔上楼，冲进了索普的房间。

"出去！"索普吼道。

"天啊，她脾气这么坏，"妈妈咕哝着。"这也并不奇怪，真的，鉴于她说了那么多谎。今天早上碰到她。她承认那些全是她瞎编的。但她不肯告诉我她为什么这么做。"

我走进厨房，把盒子放在桌子上，扭着头说："噢，那一点很明显。她嫉妒，不是吗？"

"嫉妒什么？"妈妈一边问，一边抓起六根蜡烛，不再欣赏蛋糕。

"点点。"

妈妈迅速抬起头。"她为什么要嫉妒点点？"

我耸耸肩。"你把你所有的时间都花在点点身上了啊。"

妈妈拿出一支蜡烛，插到蛋糕里，然后伸着胳膊停了下来。"我必须这么做，佐伊。她听不见……"

"你不需要跟我解释。我明白，"我说，而且我是第一次认为自己真的明白。"看着点点挣扎很难。"

妈妈咽了口唾沫，把蜡烛抓得更紧了。"的确如此。"

"但是索普也在挣扎，妈妈。你不是在忙点点的事，就是在为爷爷、工作或者钱的事吵架。我不知道，听着你一直忙碌、争吵也挺难的。对不起，"我觉得自己说得太过分了，要给自己找麻烦了，所以赶紧说。

"别感到抱歉，"她说着，突然坐下来，盯着手里的蜡烛。我打算离开，但还没走出厨房，妈妈就说："告诉索普我想跟她谈谈，好吗？”

我不知道她们谈了些什么，但是我们吃午饭时，索普的眼睛红肿肿的。千层面味道很棒，芝士酥脆，顶部金黄。点点又是笑，又是吸鼻子，又是疯狂地手舞足蹈，极度亢奋，为自己第二天的保龄球派对而兴奋不已，想知道她的朋友们会给她买什么礼物，也期待着穿上特别的保龄球鞋。

“我可以保留那双鞋吗？”她打着手语。

爸爸笑了。“不行，傻孩子！你得把鞋子还回去。但是那双鞋两个小时内是你的。”

“整整两个小时？”

“整整两个小时，”爸爸重复着，挠了挠她的下巴。

“孩子们，”妈妈对索普低声说，索普脸上立即露出了笑容。

斯图，你现在可能想知道，艾伦家情况怎么样，相信我，我也在想这事，吃生日蛋糕时一直想，妈妈和爸爸在厨房里长谈时，我躺在沙发上也在想。谁知道他们在谈些什么，但这一次，他们竟然没有大喊大叫，所以我可以平静地想想那兄弟俩。某种意义上的平静吧。如果平静的感觉就像心里愉快地焦躁不安。心里有害怕在刺痛，也有兴奋在跳跃。我看了手机一百遍，但除了看到屏保上点点的照片，什么信息也没有。顺便说一句，这张照片是在我不知情的情况下，点点自拍的，她伸着舌头，翻着眼睛，仰着鼻子，所以我都能看到她鼻孔里面了。

没有什么能消磨时间，翻阅杂志、写《怪物比兹尔》、或者整理房间整理到DVD光碟都按字母顺序排列好都消磨不掉多少时间。没什么可做的了，除了趴在我的紫色被子底下等待。我把被子在头顶上堆得像个帐篷，堵住外界的宇宙，我手机响了的时候，我正在被子里那么躲着。我盯着屏幕，艾伦的名字点亮了我的世界。

“嘿，”我说，看到他打电话来就莫名其妙地高兴。

“嘿，”他在那边回答。

“情况怎么样？他疯了吗？他打你了吗？”没有回答。“噢，天啊！他打你了，是不是？你还好吗？”

艾伦大声呼出一口气。“我会跟他说的，我向你保证。”

“‘会说的’是什么意思？难道你什么也没说吗？”

“佐，说实话，我没能说。我们得去见爸爸。他上周三和女朋友出去了，所以他要今天下午见我们。他有些关于他女朋友的重要事情要告诉我们。”

我闭上眼睛，害怕听到接下来的对话会有什么内容。“什么事情……？”

“这么说吧，他们不会分开。”

“她怀孕了？”

“没有。他们要结婚了。他情人节的时候求婚了。婚礼定在四月。”

“四月？那不是很快了吗？”

“他们觉得没必要等了。你可能听说过他，”艾伦说，语气听起来很反感。“他陷入爱河了。”

“你还好吗？”

“我还好，但是麦克斯……我们跟爸爸在一起时，他一直压抑着，但一回家他就爆发了。气急败坏的。”

我把被子从头上拉下来，突然觉得需要空气。“我们还是得告诉他。”艾伦没有回答。我转过身躺下，一边用手摸着脑门，一边盯着天花板。“我们不能隐瞒这件事。昨天之后就不能再隐瞒了。我们必须告诉他。”电话那头除了嗡嗡声什么声音也没有。“艾伦？请说点什么吧。”

“对不起。”

我咽了口唾沫，恐惧涌上心头。“你是什么意思？”

“他需要我，佐。他也需要你。”

“但是我不能假装啊，”我说着，泪水模糊了双眼。“我不能周一去学校却不提在图书馆发生了什么。”

“求你了，”艾伦恳求道。“给我们一些时间想想要怎么做。”

“你是说，你想让我走到他面前，吻他，表现得就像什么都没发生过一样吗？”

“是的……不……噢，我不知道。你看，我能明天见见你吗？”他绝望地问我，所以我就告诉了他点点要开派对，以及我会独自在家几个小时的事，因为妈妈让我留守，好为科学课考试复习。“那我过去跟你谈谈这事，”他说。“我们会理出个头绪的。我向你保证。”

“好吧。”

沉默了一会儿之后，是最安静的呢喃。

“我不后悔，佐。也许我应该后悔，但是我不。”

我握紧电话。“我也不后悔。一丁点儿都不。”

“你笑的时候声音就变了。”

我笑得更开。“你的也是。”

“这真是一团糟。”

“是啊。”

“但是我们会解决的。”

“然后……”

“然后。”

“再见，鸟姑娘。”

“再见。”

有人敲门时，我正在假装复习关于磁力的笔记。艾伦站在我家门廊，身穿蓝色牛仔裤和绿色套头衫，手上拿着网球拍。

“请问，我能把我的球捡回来吗？”他像个小男孩似的问道，而我像个愚蠢少女般地尖叫了一声，跳进他的怀抱，突然明白了磁力的原理，比我在课堂上理解得深刻多了。“我还是需要我的球，”艾伦说着，我把他拉进家里。我的家，斯图。艾伦在我家，他的运动鞋在我家地毯上，他的味道和妈妈的擦亮剂混合在一起。

“你真的往我家花园扔了个球吗？”

“我把一个球打到你家屋顶上去了，”艾伦说着，假装发球，又不小心用网拍打了一下光影。

我们穿过房子，冲进后花园把树叶分开，头伸进灌木丛，又用脚把植物拨到一边去找球。找到这只球成了一场竞赛，我们都疯狂地争着第一个找到球，而我俩在同一时刻发现球就在一个花盆旁。我华丽一跳，在艾伦之前抓到了球，并把球举过头顶全速冲刺，一路欢呼。艾伦追上了我，紧紧抱住我的腰，把我高高地举到空中。

“万岁，鸟姑娘！”他喊着，带我穿过了花园，我则一路假装向我欢呼的粉丝们挥手致意，然后，我俩都摔倒在潮湿的草地上。

“干得漂亮。”

“谢谢，”我假装鞠了一躬回答。我们转身躺下，两手相触却不相握，因为有些规则我们还是要遵守，有一场谈话我们还是要进行。

“那么，我们要怎么办呢？”艾伦问。他的声音变得严肃起来。

“先别说，”我抱怨道。“别现在说。让我们就在这里躺上一会儿吧。”一只鸟不知从哪里开始歌唱，我坐了起来，四处张望，寻找声源。

“燕子？”艾伦问。

我笑了。“只是只麻雀啦。燕子还在非洲呢，大概正在进行一场疯狂的冒险。”我躺回到草地上，这次，艾伦抓住了我的手。

“那正是我要做的事情，”艾伦说。那只麻雀叫了一声飞走了，那声音听起来好像自由之音，艾伦眯起眼睛看着。“我要环游世界。”

“我会和你一起去。我们告诉麦克斯，我也上完学之后，妈妈就不能阻拦我了。我会把从图书馆挣来的所有钱都省下来，我们会去——”

“伦敦？曼彻斯特？利兹？”艾伦取笑我说：“用你的工资可去不了多远。”

“你有你爸爸给你的钱啊，”我说。“你可以带我们一起去冒险嘛。”

艾伦把我拉到他的胸口，我的双腿在他的两腿之间摇摆，我们的心在彼此的心脏上面跳动。“算你一个，”他低声说，他的呼吸吹得我耳朵发痒。“去南美洲或者什么地方。”他轻吻我的额头，然后是我的眼皮，然后张开嘴巴，用舌头顶着我的舌头。我推开他，在他面前摇了摇手指。

“淘气！我们不应该做任何坏事。”

艾伦翻身压在我身上，挡住了太阳。

“有时候，是有充分的理由做坏事的，”他咕哝着。“问问盖伊·福克斯就知道。”

“真俗。”

“你爱这样！”

“我爱你，”我低声说着，双手放在他的下巴两边，把他拉近，用细碎的吻吻遍他的脸。他低语“我也爱你，我也爱你，我也爱你”时，我的嘴唇吻过了他坚挺的鼻梁，柔软的眉毛和长满胡茬的下巴。

情越浓，身越轻，直到我感觉自己身轻如燕，在九霄云外俯冲疾飞。后来天开始下起绵绵细雨，艾伦把我拉了起来。斯图，我们吻得停不下来，一路嘴巴吻着、双手抱着、两脚磕磕绊绊地走进了那间小屋。我们跨过各种工具，挤过瓷砖箱子，动作越来越急促，爱的气息让玻璃窗上起了雾气，可能也在蜘蛛网上形成了水珠，在那根根丝线上闪闪发光。

艾伦在杂物中清理出一片地方，把爸爸的旧外套从挂钩上取下来，铺在满是灰尘的地板上。我的手找到他套头衫的下襟，把他的衣服拉了起来，急切地需要看到他，感受他，贴近他的皮肤。他的身体就这样裸露在我眼前，苍白，光滑，结实，我抚过他的每一寸肌肤，他无声地喘息着。我的拇指摩挲着他肚脐眼下面一团一团柔软的棕色卷毛时，他张开了嘴巴。

他用一只手握住我的双手，把我胳膊举到空中，然后把我的上衣从头上脱掉，我的头发就这样顺着衣服被拉到空中，又嗖的一声滑落在我裸露的肩膀上。他脱掉了我的胸罩，速度慢得好像生怕做错，他的眼睛在说“你好美”，而我也感受到了。那一刻我几乎不能呼吸，我把他拉倒在平铺的外套上，我们把自己紧紧地裹在里面，两人的身体缠成一个无人能打开的结。我的皮肤紧挨着他的皮肤，他的身体比我更暖。他把一只胳膊枕在我头下。我们一起眨了眨眼，吸入同一口空气。我们的嘴唇正要相触时，突然响起一声震耳欲聋的电话声：

丁零零

丁零零

丁零零

艾伦伸进他后面的口袋，我从他的表情就知道是谁打的电话。

“我该接他的电话吗？”他声音里满是惶恐地问。我还没来得及回答，麦克斯就把电话挂了。我把头埋进艾伦的臂弯，大声地呼着气——但马上呼吸又紧张起来，因为我自己的手机开始在口袋里震动。“你最好接一下电话，佐。”

“我不能！”我说，但还是一边按下一个按钮，一边靠在手肘上，从艾伦身边转开了。

我们通电话了，斯图，而我几乎不能把对话写下来，因为麦克斯对他爸爸订婚的事极度沮丧，而我只想着让他快点挂掉电话，说着一些言不由衷的话，他的哥哥则就躺在我旁边，听着我们的对话，他裸露的胸膛上下起伏，双手遮住眼睛。

“那你在干什么呢？”麦克斯最后问，我的喉咙一紧。我清了一下嗓子，又清了一下。

“没干什么，只是在为科学考试复习，”我挤出一句话，而艾伦把爸爸的旧外套扔到一边，突然站了起来。

麦克斯在电话那头叹着气。“我也需要为那个考试复习一下。你想过来吗？我一个人在家。妈妈带菲奥娜出去购物了，我也不知道我哥在哪儿。”

我皱起眉头。“我得待在这儿，”我说。艾伦穿上他的套头衫，把它从头上猛地拉下来，双臂塞进袖子里。“对不起。我得集中注意力。”

“求你了？”他用一种我都认不出的声音说。“我需要见你。”

“抱歉，”我说，内心为他永远都不会相信的事情道着歉。“我得挂了。”

又过了一会儿才摆脱掉麦克斯。当我最终把手机放下时，我因为羞愧而感到十分难受。

“你做了你必须要做的事情，”艾伦最后说，但他说这话时看着割草机而不是我，声音里也温柔全无。“这是我的错，”他咕哝着，用手指理了理头发。“我根本就不该来。”

“别那么说。请别那么说。”

他坐在那箱瓷砖上，脸上一副自我厌恶的表情。“我们在干什么，佐伊？这很糟糕。这真是太糟糕了。”我挣扎着起身跪着，用胸口抵着他的双腿。艾伦把手放在我裸露的后背上，我的头倚着他的大腿。“不能再发生这样的事了。”

“我知道。”

“我们得告诉他真相。”

我抬头看着他。“是啊。但是，什么时候呢？”

“我不知道。我想，我们得等到合适的时候。”

“没有合适的时候，”我低声说。“无论我们什么时候说出来都会很糟糕。很可怕。”我开始哭，恨自己这么脆弱，但还是止不住地流泪。他揉了揉我的肩膀。“不过，我们等到你爸爸的婚礼之后吧。你昨天在电话里说什么，他需要你，也需要我。我们不能——”

“但那还要等很久很久啊，佐。”

我们无助地望着对方。我吸了吸鼻子，努力让自己坚强。“只是几个星期。几个星期而已。”我双手握着他的手，用胳膊擦了擦脸。“但是我们应该定下来个告诉他的日子。我不知道。五月一日什么的。”

艾伦亲了亲我的额头。“好吧。五月一日。”

斯图，那就是我们怎么决定的，随便选了个日子，而我不想谈那晚发生了什么，现在不想谈，永远也不想谈。我不想谈那场雨、那片树林、那只正在消失的手、那些蓝色的警灯，或者那些哭泣、那些谎言、那口棺材，还有那种我每日每夜、每分每秒都能感觉到的深深的罪恶感。如果我必须把它都写下来，我想用铅笔写，那样我就能直接把它擦掉，把我生命的那一段完全擦掉，让那一段了无痕迹，我就可以重新开始，以我想要的方式描绘我自己，为自己画上自由的微笑，纯洁的内心，用粗体大写写上自己的名字，因为我不会再害怕在花园的杂物间里写信时泄露自己的真名。

爱你的：

佐伊 XXX

4月1日

于 巴斯 费克申路1号

我亲爱的斯图：

你收到这封信时，生命也即将走到尽头，我很抱歉不能做更多事情来救你。我所希望的一切就是在你最后的日子里，阳光明媚，在红色的风筝飞上天空时透过你的窗户放出光芒。我希望你的天空看起来有些不同，太阳更亮、天空更蓝、猩红色的羽毛比你在生活中见到的任何一根羽毛都更有活力。我想知道，你是否感觉平静，或者你的心是否疯狂。如果你有那种医院的心跳监测仪，我想知道你的心是否怦怦怦地狂跳不止，好像一个巨人被困在心里，还是像只小老鼠跑过电线似的安静地跳动。

不管你的心跳如何，我希望你的心里是轻松、自由的，就好像它将要从你的身体里飘出来，飘向太阳，再飘向宇宙，最终在那里停止跳动一样。你现在应该得到一些快乐，斯图。你当然犯过错，但是你已经面对了你的罪行，接受了你的命运，所以至少，你的故事勇敢地结束了。说实话，这是值得骄傲的。

第十四章

我的故事结束得却不太一样，这个你会看到的。不是说我五月一日就能猜到，因为那天早上天气非常完美，天空仿佛是一块被上帝熨平了的青绿色的布，正中间又缝上了一个黄色的圆形。想起那天的一切都会心痛，我闭上双眼呼吸着白天的空气，那天在露台上的早餐非常美好，爸爸妈妈读着报纸，伴着一壶咖啡消磨着时间，没说多少话，但也没有为谁看商业栏争吵。索普像小马一样在草坪上跳着，点点笑得前仰后合，然后她俩挽着胳膊一起在草坪上奔驰，直到点点绊倒。当然点点埋怨了索普，但妈妈没有跑到点点身边或者在草地上贴个创可贴。她只是告诉点点要小心，然后就回去看报纸了，而爸爸则对着他读到的内容发笑。

那天晚上，我要去那个举行过烟火节的公园参加春季展览会。从早餐、午餐到晚餐那几个小时，我都坐立不安，期待着见到艾伦那一刻。我们信守诺言一直都没有再见面，当然如果你想让我说实话的话，我们基本每晚都打电话，到处偷偷留言，时常互报平安，如果可能的话，是对那种状态既恨又爱。那场婚礼已经于四月的最后一周举办完了，所以，是时候坦白了，我们决定那晚一起说出来。我穿上蓝色的新裙子，在大脑里把对话演练了一百万遍，想象着麦克斯说着“别担心”，在摩天轮旁微笑的样子。

终于到了出发的时间，爸爸开车到市中心，又开向一排排灯光下的公园里的小摊。他停在一辆热狗餐车旁边。洋葱被烤得吱吱直响，烟雾飞旋。两支现场乐队的音乐在空中碰撞，河边的游乐设施急速上升。我发现劳伦正在挤着往公园入口处走，所以我跳下爸爸的车，加入那一秒声势突然浩大起来的人群，许多家庭从左右两边鱼贯而入。一个小丑踩着高跷摇摇晃晃地走着分发糖果；莫里斯舞者们则在做着一些可笑得我甚至无法形容的动作；一个铜管乐队出现在街道中间，乐队所有人都穿着黑色的鞋子向前行进，金色的乐器不停吹奏，乐手们穿着时髦的制服，铜扣亮得你可以从里面看到自己的脸。

我来到大门前时，劳伦正抓着一个尖头金属杆子，脱下一只鞋，活动着脚趾。

“鞋太小了？”我问。

“太小了，太高了，也太紧了，但是好漂亮！”她一边回答，一边抚摸着红色的细高跟鞋。“我们进去吧。”

我们走进公园的时候，我感到一阵恐惧。太阳开始下山了，斯图，那景色很壮观，可以想象把冰激凌放进一个大碗里，粉色的旋涡和橙色的旋涡，黄色的旋涡一起融化，形成了一种甚至连名字都没有的颜色。

“要坐碰碰车吗？”劳伦建议道。所以我们付费后坐了上去，但我的心并不在那儿，因为我一直在找啊找，找艾伦。

突然之间，碰碰车动起来了，每个人都在向前，但劳伦却踩错了踏板，我们突然冲向后面转了个圈。我们转了一圈又一圈，两人都张大了嘴巴，尖叫不止。当我们最后终于走向正确的方向时，一个男孩不知从什么地方冒出来，猛撞了一下我们的车尾，震得我们颠簸着向前滑去。我低声骂了一句，却震惊地意识到原来是麦克斯。他快速地倒车，而我的内心则混合着内疚与愤怒，五味杂陈。他可能把脚都踩到地板上去了，铆足了劲又一次冲向我们，撞到了我们的侧边。

“别撞了！”我们的头向前弹回去时，劳伦大叫道。杰克也喊了些什么——他也在那里，飞快地开着一辆荧光黄色的车四处乱撞——麦克斯仰天大笑，劳伦则气急败坏地又踩错了踏板，我们向后冲去撞上了一根柱子。

那一轮结束后，我两腿颤抖着爬出碰碰车，麦克斯跑了过来。我真想从相反方向立即消失，但是他抓住了我的胳膊。

“那有点太过分了，麦克斯，”劳伦一边说一边揉着脖子。他耸耸肩，两眼放出狂野的光，毫无预警地靠了过来，牙齿在我的上唇上咯咯打战。他亲了亲我的脸，他的呼吸混合着伏特加和洋葱的味道，没有别的方式可以描述了。

“恶心，”劳伦咕哝着，而那正是我推开他时想着的词。

“我只是在庆祝而已！”

“庆祝什么？”

“婚礼！”麦克斯大叫道，把双臂举到了空中。

劳伦正在太阳穴上绕着手指想说麦克斯显然疯了的时候，那个上一届的男生抓住她的腰，把她拉向碰碰车。劳伦穿着高跟鞋，跌跌撞撞地钻进一辆粉色的车，我看着她急速地转着圈。这时，杰克递给麦克斯一瓶透明的液体。他喝了一大口又递了回去。杰克把瓶子放在长椅上，看起来快要吐了。展览会上的彩灯在草地上闪烁，我凝视着灯光，心想灯光真好看，然后转过头就发现艾伦穿着牛仔裤，夹趾凉鞋和一件普通的白色T恤，我倒吸了一口气，因为他那样更好看了。

我的眼睛因为认出他一亮，我的表情也太过熟悉了，而声音差点把我们暴露了。在麦克斯没看到之前，艾伦赶紧摇了摇头。我换了副表情，保持着平静，而在心底，兴奋都已经开始在血液里冒泡了。就快到我俩的时间了，斯图。就快了。

“艾伦！”麦克斯叫道。“佐伊，这是我哥哥。世界上最好的哥哥，那可不是谎言。你在婚礼上应该见过他，”他说话已经含混不清了，还使劲拍了拍艾伦的后背，拍得艾伦向前踉跄了一步。

“我们见过了，”艾伦低声说，而我从蜷缩的脚趾头到刺痛的发根都畏缩了。“记得吗？”

“不，”麦克斯回答，然后他开始咯咯地假笑，抱着自己的胳膊，上下移动肩膀。“当然我记得。新年前夕。我和佐伊准备——”他放低声音说“——你知道在你的车里。”麦克斯举出一个拳头和一根手指，把手指塞进拳头里，使劲抽动着。汗水爬上我的后背，溜下我的胳膊，在我的上唇上打碎成滚烫的水珠。麦克斯的手达到高潮，溅撒到我们三人之间的空中时，艾伦别过了头。麦克斯朝我挤挤眼睛。“也许以后……”他用一只手搂住我的肩膀，把我拉近，而他那扭曲的笑容看上去很危险。

正在那时，桑德拉从人群中出现了。

“看看你俩，”她说着，溺爱地朝我们笑起来，麦克斯亲了亲我的脸颊，在我皮肤上留下了一些痰液。我的肩膀抽动了一下，因为我想把它擦干净，但我还是让我脸正中间这个黏糊糊的圆形自己干了，我记得当时感觉自己被打上了烙印。“真热啊，对吧？”桑德拉一边说，一边给自己扇着风，她的头发黏在前额上。“你好吗，佐伊？”

“很好，谢谢，”我撒谎了，声音感觉很紧张。艾伦的拳头握得越来越紧，因为麦克斯的手抓到了我的头发，正用他的手指捻着我的一缕头发玩。

“你这个多愁善感的家伙，”桑德拉笑着说。她拍了拍麦克斯的肩膀，骄傲地露齿而笑，因为她的小儿子正深情脉脉地凝视着我，但那深情是伏特加的作用，根本不是桑德拉想的那样。

因为惶恐和潮湿，我感觉那里氧气不足，不得不费力地把空气吸入肺里。一只银色的气球在人群中上下飘动，朝我们移过来，是菲奥娜手里绕着一根蓝色的线出现了，她的脖子上还挂着相机。

“佐伊！”她身穿一条花裙子一边叫，一边向我跑来。“你很久没去过我家啦，”她生气地说。

“我每次叫她去，她都在忙，”麦克斯嘟囔道。

“你得经常来啊，”桑德拉说着，用餐巾纸抹了抹额头上的汗水。太阳沉到地平线以下了，把天空变成了黑暗来临之前那种墨蓝色。“欢迎你随时来，亲爱的。”艾伦的后牙槽吸着脸颊，白牙磨着红肉。

“给我们照张相吧，”麦克斯说着，用手指戳了戳菲奥娜的肚子。

“嗷！”

“照吧，”他说。“给我们三个照！”他把我和艾伦拉到人群之外的地方，把我逼到中间。菲奥娜拨弄着相机的一些设置，艾伦的手溜到我背后，捏了捏我的屁股，我俩目光炽热地看了对方一眼。斯图，那是写满了我们不能说的东西和我们不该有的感情的双眼，而我为他心痛——心痛自己不能听到他、闻到他、摸到他、吻到他……

“笑一笑！”菲奥娜喊道，所以我露出一副开心的笑容，但这笑容随着相机的闪光灯就消失了。

在碰碰车的另一边，劳伦跟我挥了挥手，说她要跟那个上一届的男孩走了。黑色的云层出现在小河旁边的树林上方，热空气不断地压下来。

“暴风雨要来了，”桑德拉皱着眉头，揉着太阳穴，果然，一道锯齿状的银光穿过浓厚的空气，划破天空。“我要走了，”她赶紧说。“你们如果喜欢，可以淋湿，但是我要把菲奥娜带回家了。”

“不嘛，”菲奥娜抱怨道，生气地跺着脚。“我还没坐过幽灵列车呢！”

“不好玩，”桑德拉说着，雨水开始滴答滴答地溅到地上。桑德拉从包里拿出一件外套，告诉麦克斯和艾伦她几个小时后来接他们。斯图，记得她说这话时随意的样子让人觉得很受伤，好像让兄弟俩半夜11:30在一辆热狗餐车旁等着没什么问题似的。她被雨淋得心烦，匆匆忙忙地走了，都没有停下来亲亲两个儿子。

然后就剩我们三个人了。

闪电划过天空，我们之间的紧张气氛也在空中爆发了。麦克斯捡起杰克留在长椅上的那瓶伏特加。

“你难道不觉得你已经喝得够多了吗？”艾伦说，但是麦克斯嘴巴一鼓，喉咙一收，又吞下了一大口白酒。他张开嘴巴。

“我在庆祝！”他把酒瓶举过头顶，然后跌跌撞撞地穿过人群，回头喊道，“只是在庆祝那场婚礼！”艾伦和我满脸担忧地交换了个眼神，尽管这样不对，我们还是露出了一丝微笑。“菲奥娜的主意是对的，”麦克斯说着，突然转过身来。我们的笑容正好及时地消失了。“我们去坐幽灵列车吧！”

轰隆隆！

打雷了！

雨势更猛了，从天空倾盆而下，人们尖叫起来。一支支雨伞在空中撑开。每个人都慌忙地跑到滴水的屋顶下躲雨。只有麦克斯冲过瓢泼大雨，在泥泞中滑来滑去，加入了幽灵列车前不断变小的队伍。我在雨中遮挡着眼睛，跟在后面，努力跟上艾伦的脚步。

“这太荒唐了！”我对着麦克斯大叫，而他一口又一口地喝着伏特加。“我们得找个地方躲到里面去！”

“那就是里面！”他一边叫，一边指着幽灵列车，吞下去更多酒。艾伦想把酒瓶拿过来，但是麦克斯把他推开了，他比自己想的还要用力，手跟直接猛拍在了艾伦的肩膀上。

“放松点，麦克斯。”

“放松点，麦克斯，”他弟弟模仿着，又喝下一口酒，这时我们已经来到队伍前面。麦克斯把瓶子塞到牛仔裤后面，他跳上列车，随着幽灵车的一声哀号消失在紫色的门里。

然后就还剩我们两个人了。

“我们今晚不能告诉他！”我叫道。大雨从漆黑的天空中狂泻而下，我的头发湿淋淋的。“他完全疯了！”

“我知道！我们等一等。那就明天吧，”艾伦说着，我们的手接触了一瞬，而麦克斯的列车在从上一层的拱门中冲了出来。我们的手指赶紧分开了，麦克斯疯狂地挥着手，冲过对面画着的一个巨大的幽灵张开的嘴巴。下一个该我了，所以艾伦帮助我坐进了车厢里。我出发了，就在麦克斯后面，艾伦前面。我穿过旋转的隧道、挠人脸的蜘蛛网、大吼大叫的怪物和打开的棺材，车轮在金属轨道上噼啪作响。

“我觉得恶心，”麦克斯呻吟着，我爬出车厢进入雨中，现在浑身发抖，蓝色的裙子粘在身上。“你看起来很迷人，”他非常含糊地说。他把我湿漉漉的刘海轻轻地拨到一边，然后他的脸色变得苍白。“我要吐了，”他弯下腰，头垂在一个水坑上面。我把手放在他背后。“别，”他咕哝着。“离开我。我需要一个人待着。”

“那边有个垃圾桶，”我一边指一边说。

“我想一个人待着，”麦克斯重复着，踉踉跄跄地走向树林，艾伦的车厢正随着幽灵列车飞驰而过。

我指了指树林，告诉艾伦我要去的地方，然后跟着麦克斯走了，担心他会摔倒，而他两腿不稳地走着走着，从展览会跑开了。我在黑暗中眯着眼睛，匆匆离开人群，在树林里越走越深，泥巴在我脚下扑哧扑哧地响。我不知道艾伦是不是在我后面，但是能看到麦克斯就在前面，在一棵树干上绊了一跤，倒在草地上。

麦克斯摔得应该不疼，但是他没有爬起来。雨水透过树枝落下来。展览会的喧闹声被我看不见的一条河里滔滔的河水淹没了。我在麦克斯身边跪下来。

“走开，”他说。我不安地意识到，他在哭泣。“我在庆祝，佐。庆祝！”我把手轻轻地放在他头上，这样似乎让他平静了一点。他慢慢地转身看着我，汗水、泥巴和眼泪混杂在他脸上。他突然坐起来，把嘴唇压在我的嘴唇上。

“不行，”我说着，蹒跚着站了起来，无法控制自己的反应。

“为什么不行？”麦克斯含含糊糊地说着，用袖子擦了一下脸。他跳起来紧紧地抓住我的胳膊，又来吻我。“别害羞，佐。”我伸长脖子，越过麦克斯肩膀张望，但除了树什么也看不到，展览会的灯光已经变成远处小小的彩色光斑。我已经走得比自己意识到的还要远了。

“我不想，”我说。麦克斯啜着我的脖子，他的呼吸在我的皮肤上颤动着。

“你是我女朋友，”他低声说。我内心的罪恶感如此强烈，双腿几乎瘫倒。“来吧……”我还没来得及阻止，他的嘴巴就覆上了我的嘴，他的双手抓着我的臀部，然后又移到前面伸进我的短裤。

“别这样，”我一边说一边努力挣脱，麦克斯笑了，他挠着我的腰，又挠挠我腋下，然后开始摸我的乳房，不太用力，而是很可怜的样子，但是我的心怦怦直跳。“说真的，麦克斯，我不想要。”

“你会喜欢的，”他哼了一声，手指在我全身移动，而我扭动着，咬着下唇，极其不愿伤害他的感情。但是，斯图，他把我吓坏了，他拉着我裙子的吊带，我使劲地摇头。“你怎么回事？”他开始很不耐烦地问，然后他抓住两根吊带直接把带子撕扯下来。“你是我女朋友，不是吗？”他大叫道。我多一秒都再也不能忍受了，所以推开他就跑了。

我朝着展览会的方向往回跑。“佐伊！”麦克斯大叫着，他的声音在树林间回响。“佐伊！对不起。我们不需要做任何你不想做的事情。我只是想靠近你而已！”

我转过身看到他跪在地上，双手抱着头。我拖着步子向前，吓得浑身发抖，累得筋疲力尽，也对伪装恶心得要死了。我气喘吁吁地发现艾伦走进树林了，便跌跌撞撞地向他走去。

“嘿，”他声音里充满关心地说：“出什么事了，佐？什么情况？”

“麦克斯，”我喘着粗气，浑身颤抖地跌进他怀里。“他……他……”

“他怎么了？”艾伦一边捧着我的脸问，一边用我俩都感觉到的绝望吻着我。因为天很黑，很黑，我们又躲在树下，所以有那么疯狂的一瞬，我们屈服了。

但随后一根树枝折断了。

我们转过身，看到了麦克斯的后脑勺，正冲进树林。那一刻，我俩都没动，然后突然跳开，大惊失色，赶忙叫着他的名字去追他。我们推开树枝、扯开枝叶，踩着湿滑的、长满苔藓的地面一路紧随，滔滔的河水声越来越大。穿过树林，是一条石头砌的小路，河流出现在我们眼前。我滑了一跤，停下来，环顾四周，感觉肺里像火烧一样。麦克斯沿着小路跌跌撞撞地走着，一次又一次地失足，他的脚离汹涌的水流太近了，非常危险。

“麦克斯！”艾伦双手放在嘴巴两边大叫着。“麦克斯！”

如果麦克斯听到了，他也没有表示反应。我转身对着艾伦，吓得目瞪口呆，面色苍白。

“他看到咱们了！他知道了！我们该怎么——”

我话还没说完，艾伦就又飞快地跑开了，穿着人字拖一边挣扎一边跑，拖鞋在他的牛仔裤后面甩满了泥巴。“麦克斯！”他又叫道。“麦克斯！”

麦克斯忽然停了下来，他的注意力被一个木头长椅吸引住了。他怒吼着捡起一块石头，我意识到他看到什么了，突然感觉一阵恶心——他看到了我们名字的首字母，斯图，刻进木头的首字母。他把石头举过头顶，跳向长椅。就在他要砸我们的名字时，艾伦抓住了他的胳膊。

“对不起，”他说。“真的对不起！”

黑色的河水湍急旋转，奔腾而下，我的两脚在水坑里溅起水花，两个男孩都转身看着我。

“到底怎么回事！”麦克斯吼着，把石头扔到了椅子上。“到底他妈怎么回事！”

“我们……我们……”我双手抓着头发结结巴巴地说。

“我们是……”艾伦开始说。

“你们是什么？”麦克斯流着眼泪喊道。“到底怎么回事？告诉我真相！”

艾伦举起双手。“别冲动，”他低声说。“别冲动！我们会好好谈谈这个问题的，等你清醒过来，大家都——”

“别告诉我该做什么！”麦克斯咆哮着，把艾伦的手拍了下来。“你这浑蛋！”艾伦瘫坐在椅子上。“你是我的全部！”麦克斯哽咽着说。他绊了一跤，几乎摔倒在艾伦的大腿上。“还有你，”他咆哮着，四下打量着我，在空中挥舞着一只手臂，动作很大也很突然。“我相信过你。我喜欢过你！”

“我也喜欢过你！我发誓……我从来都没有希望发生这样的事情。”我试着把手放在他的腰间去安慰他，但是他把我推开了，推得我跌向河边。

“别跟我说话，你这婊子！”

艾伦突然站起来。“别那么说她！”

麦克斯狂笑着冲向我。黑色的河水在离我们只有半米远的地方翻滚着。他抓住我的胳膊，把我拽起来，在我耳边大叫。

“婊子！”

“别这样！”艾伦叫道。“别把她搅进这事！”

“别告诉我该做什么！”麦克斯又尖叫起来。雷声响彻天际。他拼命地用手抓着我蓝色裙子的吊带，我俩摇摇晃晃，离河边更近了。

“放开她！”艾伦大喊道，但是麦克斯没听他的话，而是朝他扑了过去。随着一声巨吼，他俩扭打在一起，脚下在泥泞中不停地打滑。

“你们离河边太近啦！”我叫道，但是他们不听。不知怎的，我到了他们中间，试图把他们分开，而他们紧紧抓住对方的衣服，在树下推搡，尖叫着。大雨滂沱。

“你这婊子！”麦克斯怒吼道。他一边抓住我的头发对着我的脸大声地骂我，一边朝我身上吐了一口痰。斯图，我使劲推了他一下，艾伦也推了一把。一秒钟的冲动。只是为了让他停下来而已。

他的脚从湿漉漉的河岸滑了下去。那是个湿滑的斜坡。

他的双臂在空中疯狂地摆动。

他的身体掉进河里时，水花溅了出来。刚挨到冰冷的河水那一瞬间，他吓得张开了嘴巴。

“抓住他！”我尖叫道。“艾伦！抓住他！”

我吓得瘫倒在地，看着艾伦趴在地上，伸着手，然而湍急的水流卷住了麦克斯的腿，旋转奔腾、汹涌澎湃、势不可当。好像慢镜头播放一样，我看到麦克斯沉了下去——一次，两次——他的身体扫过河流，艾伦沿着河岸爬着，气喘吁吁，一边喊一边伸长手。

麦克斯抓不到他的手。河水太急了。他挣扎着，逆流而游，他的肌肉像被砍断了一样，使不上力气，他漂过树根、树枝和河对面我们都够不着的一个橘色救生圈。他又沉了下去，一次又一次地沉了下去，越来越虚弱。他努力地浮出水面，但嘴巴里大口地吸入了河水。

艾伦最后一次伸出手，喊着他弟弟的名字。麦克斯举起一只虚弱的手臂，但身体已经放弃了挣扎。

他的头沉下去了。

他的手肘也沉下去了。

手腕。

手。

那只正在消失的手——苍白、僵硬、什么都抓不住——最终消失在了黑色的河水下。

我们第一次撒谎是对电话另一头的接线员。艾伦拨打了999，尽管他在不停地发抖和哭泣，他也并没有提到争吵、亲吻和我们推搡他的事。

“他滑倒了，”艾伦坐在长椅上说，他的身体在剧烈地颤抖。“他喝醉了。”我盯着他挂了电话，却不能抗议，因为那时我失声了。我在河边蜷缩成一团，开始不停地摇晃，直到爸爸妈妈出现在我身边，一个警察在我肩上披了条毯子，桑德拉尖叫着冲向黑夜，我才停下来。

接下来的几个小时，我模糊地记得是在一个充满影印味、三明治味和咖啡味的灰色警局回答问题。在一个小房间里，我坐在一把硬椅子上，只是不停地说着同样的话，紧抓着艾伦的话回答问题。“麦克斯滑倒了。他喝醉了。他滑倒了。他喝醉了。”警官在某一时刻一定是相信了我，因为他告诉我可以回家了。

但那不再是家了。那只是一栋我认不出的房子，里面那家人也感觉像一群陌生人一样。我的房间不再是我的房间，我的床也不再是我的床，因为我已经不再是我了。我变成了另一个人。变成了一个骗子、一个满口谎言的人、一个杀人犯。我躺在被子下面，那被子满是一种我失去的生活的味道。我看着我的双手，震惊地眨着眼。

最后，我在第二天早上洗了个澡。妈妈帮我放了水。她还在水里放了那种利于创伤的浴盐。我以前从没在上午10点洗过澡。那感觉很奇怪。浴室里太亮了。太阳透过窗户照进来，微尘在洗衣篮上方旋转飞舞。热水龙头里滴着水，我把脚趾头塞进水龙头尽然感觉不到烫。

下午，爸爸走进我的卧室。

“那个男孩的妈妈请你过去一趟，宝贝儿。我想她的名字是桑德拉。”

我开始数数。

二、三、四、五。

“麦克斯家的其他人都在那儿，”爸爸说着，坐在了我床上。“我觉得你见见他们是很重要的。

六、七、八。

“宝贝儿，你听见我说话了吗？”

“是的。”

“你在想什么？”

“关于什么事？”我低声说。

爸爸的脸色沉了下来。他抓着我的手说：“去麦克斯家吧？如果你愿意，我会和你一起去。和其他人在一起可能会好一点。”

十、十一。

“反正，我把这个问题留给你决定吧。”爸爸说着，站了起来，而我盯着天花板，面无表情。

我看着一个邻居修剪草坪，又种了六丛灌木。

我看着一个男人粉刷了他家的窗户和前门。

我看着一条狗出门散步，捡回来一根棍子。

次日清晨，妈妈来到我的房间，告诉我我发烧了。她说我腮腺肿胀，让我张开嘴巴，用手电筒照我的喉咙，我则张着嘴“啊——”。她关上手电，告诉我可以闭上嘴了，但我却越来越大声地说着：

“啊——啊——啊——啊——啊——”

“佐伊疯了吗？”点点打着手语问。

我的嘴巴突然闭上了。

“没有，”妈妈说。“她只是很难过。”

点点很警惕地看着我。“我难过的时候不那么做。”

“因为这是非常大的难过，”妈妈解释说。“比你经历过的难过都要大。”

“因为那个男朋友吗？”

“是的。”

“我不知道她有男朋友，”点点比画着。

“我也不知道，亲爱的。不是真的知道。但是我知道他让她很开心。”妈妈抚摸着我的额头，而我的嘴唇上却燃烧着艾伦的名字。它的热度烧红了我的脸颊。斯图，那一刻，我真想让妈妈问问到底出了什么事，但她只是用拇指轻抚过我的眉毛，低语着，“那次我从图书馆接她的时候，她真是容光焕发。”

“他为什么会淹死呢？”点点问。

妈妈看了我一眼，然后回答；“我不知道。”

“因为如果他会游泳，那他为什么沉入河底呢？我还有另一个问题。”

“现在就到这儿吧。”

“今天我能也不上学吗？”

更多的日子都那样模模糊糊地过去了。妈妈拿来食物。爸爸端来无数杯茶。那周晚些时候的一天下午，点点放学回家时，爸爸已经给我端来六大杯茶，杯子在我的床头柜上摆成一排，都装满了不等量的液体。我用一支笔敲着那排杯子，奏出音乐。

“什么时候举行葬礼？我能去吗？”

我闭上眼睛，这样就不用看她手语了。她用胖乎乎的小手扒开我的眼皮。“我刚才说，什么时候举行葬礼？我能去吗？还有，是不是那些重要的人会走在棺材后面？我会是其中之一吗？还是我只需要在教堂等着？”

爸爸轻轻地敲了敲我的门。

“点点，茶点已经准备好了。”他打手语说。

“我不饿。”

“茶点在桌子上等你呢。”

“我为那个男孩的事太沮丧了，吃不下东西。我的老师说我‘悲伤’了。”

“如果你很悲伤，也许我该告诉你妈妈，你该上床休息了。”

点点睁大眼睛，以最快的速度跑出我的房间。爸爸叹了口气。

“她是个好笑的孩子，”爸爸坐下来时，床垫咯吱响了一声。“我刚挂掉电话，宝贝儿。桑德拉又打电话了。她想让我告诉你，他们星期五埋他。”

我转过身，盯着墙。爸爸把手放在我的头发上，我们就那样待了很久，我真希望他现在就在我身边，揉揉我的头，告诉我一切都会好的，要坚强，因为感觉都会过去的。我希望那些感觉现在就过去，斯图，我已经准备好了让那些感觉都消失不见，而且我知道，你也一样，我们都厌倦了痛苦、恐惧、悲伤、内疚和上百种其他的在英语中甚至无法名状的感觉。

再写一封信，我们就可以停止书信沟通了。再写一封关于那个葬礼、那次守丧，以及从桑德拉那里听说艾伦已经临时决定去了南美旅行，却跟我不辞而别的事。因为那会是最后一封信，所以也许我们应该做点特别的事情来庆祝一下。也许我们应该最后吃顿饭，我会选牛排和薯条，我们可以一起吃，你在海的一边，我在海的另一边，一张闪闪发光的蓝色桌布横跨我们之间的距离。烛光将在天空中闪烁，我将彻底讲完我的故事。你我都会满意的，所以我们可以一起吹灭蜡烛。你、我、这间小屋、那间牢房、我们的故事、我们的秘密——所有这一切都将消失，好像烟雾在慢慢消失前会在黑暗中盘旋。

永远爱你的：

佐伊 XXX

4月12日

于 巴斯 费克申路1号

我最亲爱的斯图：

我回来了，正如我所承诺的。我不想让你觉得我没有像我们讨论过的一样回来。说实话，我已经告诉你一切了，就像我们计划

的一样。我描述了出殡一开始艾伦抬起棺材时，他的脸如何阴沉下来。我已经告诉你，他的手在他弟弟的体重下如何颤抖，以及那天早晨感觉如何支离破碎并且永远不可修复。我也说了，我被当作麦克斯的女朋友介绍给每一位亲属，艾伦在守丧的过程中一次也没有看我，以及索普说了个冷笑话，说守丧用wake[①]这个词是多么不合适，因为葬礼上的主宾甚至都不能睁开眼睛，还怎么守。

我讲到，劳伦那天晚些时候来看我，把那双红色细高跟鞋送给我，想让我高兴起来，她还在我床边翻阅了一堆慰问卡片。我描述了，她看到一张卡片上写着“被上帝带走是因为他对这个世界而言太过美好了”便开始窃笑，还咕哝着“对这个世界而言太过美好？如果麦克斯在天堂，我敢打赌，他一定想跟天使鬼混。”

所以，是的，我几乎把一切都告诉你了，然后我把那封信放进一个信封封上，准备第二天早上带到邮局寄走，那样你就可以在五月一日前收到，就像我一直计划的一样。

第二天，我把信揣进口袋，告诉妈妈我要出去散散步。雨水飞溅在窗户上，她正在客厅坐着喝茶，在家务杂事中忙里偷闲。

① wake：作动词表示“醒来，唤醒，叫醒”；作名词此处表示“守夜、守丧”。

“你想冒着大雨出去？”

“我想透透气，”我低声说，不过心里非常清楚是为了寄那封藏在我牛仔裤口袋里的信。我打了个哈欠，因为前一晚躲在小屋里写信，熬夜熬到很晚。

“你还好吗，佐伊？”她突然问。斯图，她说这话的口气让我心里一沉。

“我很好，”我努力微笑着回答，而那封在我口袋里的信似乎更重了。

点点摇着美国国旗跑进客厅，因为她已经长大，过了扮演皇后玩的阶段了。现在她决定要当第一位女性英裔美国总统，还要制定一些不再打仗，以及给每个人都提供免费香蕉冰激凌的法律。她爬上钢琴凳，用一只手捂着心脏站着，好像在听美国国歌似的。

妈妈看着她，张了张嘴，又闭上了。她犹豫了一会儿，然后开始说。

“我想告诉你一些事情，佐伊。”

“但是我正要出门……”

“那都是我的错。”

“什么是你的错？”

妈妈向正在左右摇摆着旗子的点点做了个手势。“她的听力。”

“是你的错，她才耳聋的？但是……我以为……她不是天生耳聋的吗？你和爸爸一直以来都是那么说的啊。”

妈妈摇了摇头，盯着自己的膝盖。“我是意外怀上她的。”

“妈妈。给我讲讲细节吧。”

“我那时候不想要她，”妈妈没看我，也没有停下深呼吸。“我那时候有两个女儿已经很满意了，但是你爸爸说服了我。爷爷也在那件事上做了我的说服工作。”我在她脚旁的地板上坐下来。“你爸爸偷偷告诉爷爷，说我想摆脱那个孩子。”

“堕胎？”妈妈用手捂住了嘴巴，脸红了，尽管点点一点儿也听不到。

“后来事情发展得不太好，你爷爷是个虔诚的教徒。他们联合起来反对我，我猜你会这么说。他们跟我说，我们刚刚失去奶奶，家里添个新生命会是件好事。一个婴儿。他们给我施加压力，让我把孩子生下来。”

“那就是为什么……我的意思是，在你的首饰盒里，你保留着我婴儿时期的所有东西，还有索普的，但是点点的什么也没有。”

妈妈伤感地耸耸肩，双手紧扣着杯子。“我也曾努力跟她加深联系。如果要我完全诚实的话，我曾经有点儿怨恨她。因为我等不及要复工。”点点从钢琴凳上跳下来，旗子在她身后飘动，好像一件披风。“她只有几个月大的一天，一醒来就发着烧。我有些心烦，因为我工作上有个重要的会议，而且我要在会上为一个新客户做情况介绍。我说服了自己，觉得点点的情况没什么可担心的。不严重。”她的声音此刻小得几乎听不到。她咽了口唾沫，我抓起了她的手。“我把点点留给你们的保姆照看，而且到办公室后，我把手机关了，以便集中精力。最后我的秘书不得不来告诉我，点点被送进医院了。你记得吗？”

我慢慢地点点头。“零星地记得一点。有一张小床，还有很多根管子。我当时不太清楚她出了什么问题。你从来没说过。”

妈妈把杯子拿到嘴边，却并没有喝茶。“是脑膜炎。医生们努力挽救她，但是对她的听力损伤却无能为力。”

点点跑出房间，旗子在她身旁飘荡。我俩都看着她出了门。

“我责怪了自己很久。责怪了非常长的一段时间。爷爷也怪我怪了很久。那是他在盛怒之下对我说的。他控诉我是个坏妈妈。一开始就不想要点点，后来又在她生病的时候放弃她。我无法原谅他，尽管我恨的也并不是他，当然了。”她直视着我。斯图，我在她的凝视下开始脸红。“像那样的罪恶感——它能毁了一个人。你必须找到一种方式学会放下。”她睁大眼睛，意味深长地从后窗望向那间花园小屋，而我突然想到了那里的羊毛帽子、围巾、帆布躺椅和毯子。“无论是什么，你都得放下。这很难，佐伊。但是你必须要原谅自己。”

我站起身来，妈妈又开始喝茶了，但当我来到门厅时，我没有转向前门，而是走进了厨房。我把那最后一封写着我的故事结局的信慢慢地从口袋里拿出来，扔进了垃圾桶。

而这封信是有些不同的，斯图。至少有一点，我不是躲在那间小屋里写的。我正坐在卧室里的书桌前，而且现在是中午，也不是午夜。我知道你永远也读不到这封信了——我知道你现在读不了了——但是我还是想跟你分享一些东西。谁知道呢，也许世上真有精灵什么的，你可能是全透明地正飘荡在空中，趴在我的肩膀上偷看，急着想知道五月一日追悼会上发生了什么事。

我最后找到了可以朗读的东西，在最后一秒找到了非常适合的东西。我一整天都在房间里来回踱着步子，练习我要说的话，同时想知道艾伦会不会参加追悼会，还是他仍在南美，坐在沙滩上想着他的妈妈、弟弟、那片树林、那场雨和那只正在消失的手。桑德拉告诉我他会争取赶回来，但是她并不抱希望，我也一样。

“回来的路很远，”她几天前说。“而且票很贵。”

当然，那天我想到的并不只是艾伦。我也想到了你，斯图。你坐在牢房里，等待着，希望这一切都结束。你做好了准备，接受命运，勇敢面对。我知道执行时间是在得克萨斯下午六点，按英国时间算，是午夜。具体是约克，如果你想知道的话。弗斯通大街，而不是费克申路。我想，现在没有理由再对我的地址保密了。

追悼会计划于下午六点开始，我和点点一起编造着美国法律玩来消磨时间。斯图，你会很高兴得知我们取消了死刑，并且为了改善监狱环境，要在圣诞节时为监狱提供装饰品，还要有愿意分享比萨和又大又好的窗户的卫兵，那样你就可以透过窗户看到整个太阳了。

“你还好吗，宝贝儿？”当我最终穿着黑裙子下楼时，爸爸问道。

“当然她还没好，”妈妈说。“但是她会好起来的。”她的眼神坚定，给了我力量。点点从外套柜子里冲了出来。她戴着一顶黑帽子，我几乎看不到她的脸。

“你不需要把你的每一件黑色服饰都穿上，”爸爸一边打手语，一边开门。

“但是去年我就没能去参加葬礼，”点点说着，戴上一副黑手套捋了捋她的黑裙子。“我在弥补上次没去的遗憾呢。”

“至少把围巾取下来吧，”妈妈打手语说。

“还有眼罩，”索普补充着，伸手从点点脸上把眼罩拉了下来。

我们到学校时，接待区人头攒动。衣架上挂满了黑色的外套，压得衣架都弯了。一张张面孔在黑色上衣的映衬下显得苍白无力。公告栏上贴满了麦克斯的照片，正中间是我们三人在春季展览会上拍的那一张。如果你仔细看，你就会发现：我虽然是站在两兄弟之间，但我的身体稍稍侧向了艾伦那边，而他的指关节发白，因为他的手正抓着我的臀部。

劳伦涂着亮粉色的口红忽然出现在画面里，成了一片阴沉灰暗之中突然出现的一抹亮色。

“你怎么样？”她问。

“不好。”

“我也不好，”她咕哝着。“十五英镑买了这个追悼会的入场券。那次葬礼可是免费的呢。”

一位穿着黑色长开衫的女士像一只乌鸦似的向我们猛扑过来，虽然她眼睛干干的，但手里还紧紧地攥着一张餐巾纸。

“你是麦克斯的女朋友，对吧？”她声音颤抖地问。

我开始点头，但是劳伦插嘴说：“不是。麦克斯死了。她的名字叫爱丽丝。爱丽丝·琼斯，”她说，因为那是我的真名。

那位女士看起来吓了一跳，然后就飞走了，在一张桌子旁边找到了自己的位置。学校的大厅里摆了很多张桌子，前面的舞台上还有一张更大一点的桌子，旁边有个话筒架。看到话筒架时，我的心一沉，用湿冷的手指摸了摸口袋里要读的东西。

时间差不多到了。我口干舌燥地走向大厅，也就是在那时看到了他。

斯图，你知道是谁。

他站在房间中间，好像从来没有离开过一样，而我紧紧地、死死地地盯着他，仿佛这几个月以来快要渴死的双眼突然发现了水源。他的头发更长了，皮肤也晒黑了，但他的笑容没变。撇开一切不谈，我举起手向他挥手致意时，他的嘴唇颤抖了一下。

“他终究是来了，”桑德拉在我耳边说，吓了我一跳。“他今天早上才出现，真是个惊喜。”

我飘飘忽忽地——也许甚至是飞着——进了大厅，直接走到最前面，瘫坐在主桌末端的一把椅子上。艾伦也爬上了舞台，发现他的座位在另一端。他调整了一下刀叉，把刀叉摆得整整齐齐。

话筒发出了一声反馈啸叫。桑德拉向后退了一步，手里拿着的纸条不停颤抖。她等了一会儿，又走上前去。她说，我们大家能够聚起来共同赞美麦克斯的生命是多么美好。艾伦盯着他的勺子。她说这一年对我们大家来说都是多么困难。我盯着我的勺子。她说麦克斯去世了，但并没有被忘记，说他是个好儿子、好兄弟、好男友——那一刻，我看着艾伦，艾伦也看着我。斯图，我在内心深处最秘密的地方感受到的悲伤全都写在他脸上。

“现在，我想请麦克斯的女朋友发言，”桑德拉说。观众们相互交换着同情的眼神。然后，除了那双我真正关心的眼睛，房间里的每一双眼睛都看着我。

艾伦正凝视着他的餐巾。

我坐在位子上没动。

菲奥娜用肘部轻轻推了推我的肋骨。

我还是一动不动。

“该你了，”桑德拉说。

我的椅子向后在地板上刮出刺耳的声音。我的鞋跟在地板上回响。我慢慢地、慢慢地从口袋里拿出那首诗。斯图，实际上是你的诗。那首你在生命的最后一个星期写的诗。

《释放》。

我心里很紧张，而在得克萨斯的某个地方，我知道，你也是一样不安。我来到话筒前，打开致辞稿。是你的致辞。我心里越发紧张。斯图，我们之间的联系也感觉因为绷得太紧而疼痛，却是可以抓得住的东西，粗细正如救命的绳索一般。

预备。

接受。

勇敢。

当我开始朗读的时候，我的声音出奇的平静。每个字都很清晰。我用更挺拔的姿态、更洪亮的声音，朗读着那首诗，不是为麦克斯、桑德拉或者在场的其他人。甚至不是为艾伦。我是在为你朗读，也为自己朗读——为了我们的故事、我们的错误、你的结局，或许还有我的开始。

追悼会很成功，尽管葡萄干布丁凉了。我准备离开学校的时候，大家都涌过来把我围住，跟我说我朗读得多么好。

“我感觉到了麦克斯，”有人一边说一边用手按着自己的胸口。“在这里。”

“她念完那首诗时，灯光闪了一下，你们看到了吗？那就是他。”

“在诗的第一节，我听到散热器吱嘎吱嘎地响。我估计那也是他。”

妈妈递给我外套，把我带出来，离开了人群，我的呼吸变得轻松多了。爸爸和妹妹们在车上等我，我还没到车跟前，就感觉有只手拍了我的手一下。我不用转身就知道是谁。

“你想离开这儿吗，鸟姑娘？”

我告诉妈妈我要去劳伦家。虽然我不确定她是否相信，但是她什么问题也没问，只是快速地抱了我一下，然后就去呵斥点点了，叫她不要那么用力地挥舞那面美国国旗，她差点戳到一个老人的眼睛。

艾伦发动引擎时，DOR1S号车像猫一样呼噜呼噜的，好像很高兴我们回来了。我们没有说话，只是开车出了城，进入乡村，完全漫无目的地开着。在一片绿树的掩映下，我们发现了个绝佳的地方，就停下来，看了看对方。不用说，我们也知道什么都不会发生，不过艾伦还是把他的外套铺在草地上，我们肩并肩地坐着，看夕阳西下。燕子从红色的天空俯冲而下，已然探险归来。我们在番茄酱色的云彩下拥抱着彼此，但愿时间停止，世界能将我们遗忘片刻。

没有什么好说的了。艾伦把我送到那家中餐外卖店旁边，那盏宝石绿色的龙灯在无声的抗议中咆哮着，我们的泪水泛出莹莹绿光。

“鸟姑娘，后会无期，”他喃喃地说，故意改变重读强调了后两个字。

“后会无期，”我同意，因为没有他的人生固然漫长无期。

我没有直接回家，而是去了河边。这是麦克斯死后，我第一次来河边。月光在水面上闪烁，我用手指轻抚着刻进木头的首字母。

MM+AJ

二月十四日

我抓起一块石头，跪在长椅上，而在世界另一边的某个地方，你最后一次躺了下去。午夜的钟声响起，我开始把自己名字的首字母从木头上刮掉。我并没有刮得很用力，很生气，或者边刮边流泪，而是相当平静地刮擦，几乎是温柔地刮着。但是，斯图，看到字母慢慢消失是件好事。

你真诚的：

爱丽丝·琼斯

5月6日

于 巴斯 费克申路1号

鸟姑娘：

这封信的事要怪就怪那只鹦鹉吧。至少我认为那是只鹦鹉。我又不是鸟类专家，真的很难区分。如果你在这里，你一定会以你特有的方式大笑，然后说："鹦鹉？！艾伦，那是只……"

哇。

因为我的鸟类学知识太欠缺，所以看到关在笼子里供顾客娱乐的彩色翅膀小鸟，除了鹦鹉就再想不出其他的鸟了。但它对我这位顾客却并无娱乐之用。哦，当然没用。这位顾客已经不能看到一只牢笼里的鸟儿却不去想念某个热爱自由之声的女孩了。

我正在玻利维亚一个叫鲁雷纳瓦克的小镇小酌一杯。也许你在想象我正在一大片金色沙滩上的一家临时酒吧里用粗糙的小木桶喝着啤酒，周围都是当地人。那么，让我给你纠正一下吧：我正在一条普通的熙熙攘攘的路边，坐在一把普通的塑料椅子上，旁边是一张普通的塑料桌子。两个喝醉的英国人正在比赛看谁能边打嗝边说出字母表。这是个观赏性很高的游戏。平头先生刚刚说到字母F，秃头先生就已经达到令人目眩的高度，说到N了。N啊！在一个嗝的时间里！！怪不得他们一阵欢呼呢。

看着他们，我向上帝发誓，我都感觉回到约克了。在厄瓜多尔也是一样，无论我去哪里都是这样。即便是跋涉到安第斯山脉最遥远的地方，那些东西也都感觉差不多。就拿那家同意留我住几天的家庭来说吧。我一开始走进他家位于深山之中的小茅屋时，以为他们是不一样的。那些人穿戴着一种我从没见过的服饰，说着一种奇怪的语言，甚至也不是西班牙语。那里没有互联网，甚至没有电，所以也无法知道世界上发生了什么事，而那一切对我来说都还好。

我的床就是一堆毯子，堆放在一间通风的房间的角落里。我躺在地上望向窗外的时候，看到一个女人徒手杀了只鸡。我能看得出来，她这么做过成千上万次了。她把那只鸡头朝下抓着，一边看着在身旁玩石头的小婴儿笑，一边突然折断了鸡脖子。当然，鸡可能不是鸟，正如蜘蛛不是昆虫，但不管是不是，我敢打赌，你肯定惊呆了。我也惊呆了，别误会我，但是我还是很高兴能感觉到惊骇的。这里的事情离我的经历如此遥远，我真是看得目瞪口呆。家，感觉是在百万英里以外，妈妈、麦克斯、你。你们都逐渐消失了，而这正是我需要的感觉，因为记忆太伤人了。

但之后，那个我所见过的脸蛋儿最红的小婴儿拉着他妈妈的裙子站了起来。他摇摇晃晃的，胖乎乎的小腿站也站不稳。他妈妈放下鸡，蹲下来，温柔地拉住小婴儿的手。她一边拖着步子向后退，一边扶着小婴儿走路，她在笑，那个小婴儿也在笑。然后那个爸爸出现了，他也笑了，还兴奋地跟他妻子说着话。当然，我听不懂他们的话，但是我非常清楚他们在说什么。

“看他能走路啦！你能相信吗？哎哟，小心！谁是聪明的小宝宝啊？”

那个小婴儿摇摇晃晃地走进了妈妈的怀抱，妈妈紧紧地抱住他，而那个男人则在进门之前亲了亲妻子和孩子的头顶。我因为对这一切熟悉又失望而心痛。人类。我们都是一样的。无法逃避。无论你是个边打嗝边说字母表的秃顶英国佬，还是个在安第斯山脉深处杀鸡的女人。无论你讲什么语言、穿什么衣服。有些东西是不会变的。家庭、朋友、爱人，他们在世界的每一块大陆、每一个国家、每一个城市都是一样的。

鸟姑娘，我想让你在他们之中找到自己的位置。你——那个我所认识的最容光焕发、最充满活力、最美丽出色的人，那个描写魔幻怪物、还能从牛角面包里也找到快乐的女孩——值得好好生活。动身去南美那天，我去图书馆看你了。谁知道当时我要说什么，但当我到了那里，看到你在整理书架时，我决定还是不见你了。尽管你背对着我，我还是能看得出你很沮丧。你的动作都已经表现出来了。你抱起那些书的样子仿佛不堪重负，要不时停下休息。你一手扶着腰，肩膀耸起又落下，深深地叹息。自从河边那晚以后，我自己也像那样叹息过一千次了。我完全理解那种感受，那种你心里悲伤的负担，那种蚀骨的罪恶感，那种拼命想要躲避人们窥视的眼睛去独处的渴望。一位女士去向你咨询一本书时，你没有微笑，也几乎没有说话，只是用一根耷拉着的手指指了指旋转楼梯。我差点跑过去抓住你的手指，把它扳直，看着你的眼睛，劝你忘记过去的事情，好好生活。

当然了，我没那么做。跟你说话只会让事情变得更糟，让你回想起你不顾一切想要忘记的事情。另外，我知道如果我靠得太近，自己会投降，会想要抱住你，带走你的伤痛，告诉你我爱你，因为我真的爱你，爱丽丝，深深地爱着你。相反，我低声说了句再见，然后就转身离开了，而到旋转门的那五步路于我来说几乎是不可能迈出的。我来到我们在雨中亲吻过的地方时，在那里站了很长时间，回想着你的嘴唇如何在我的唇上燃烧，想着那一吻是多么错误而当时又感觉多么正确。之后，我就走了。

不用说，我也永远不会把这封信寄给你。那样不公平，我太怕有人看到这封信，发现我们三人之间事情的真相了，所以一写完，我就会把信撕碎扔掉，就像我对待其余的信一样。等我回到英国再次见到你时，无论那是什么时候，我都不会说任何让你不可能继续前行的话。我不会告诉你我有多爱你，我有多怕失去你，我要躲开所有人因为无人能与你媲美……我只会放手让你走。真爱就是牺牲。毕竟，如果我想让你摆脱对麦克斯的记忆，那你就需要摆脱我。

平头先生和秃头先生已经走了。灯光渐渐变暗，交通也寥寥无几了，只剩下我和那只被困在笼子里的鹦鹉。那不是你要的生活方式，鸟姑娘。绝不能为了我而那样生活。展开你强壮的翅膀，飞吧。

XXX

2月11日

于 南美洲某酒吧

后　记

这本书用了很长时间才敲定下来。我非常感激我的编辑菲奥娜·肯尼迪，尽管最后期限一再逼近，还是给了我所需要的时间。感谢你的耐心、理解、指导和编辑方面的专业意见。

我还要感谢尼娜·道格拉斯。你继续施展魔法，为这本书的宣传营造了轰动效应！整个猎户星出版集团的团队都非常出色，如果空间允许，我会点出团队每一个人的名字。能与这样一群充满热情、勤奋努力又技艺高超的人一起共事，我真的感到非常幸运。感谢费利西蒂·布莱恩文学代理协会的每个人。我很高兴称该协会为我的文学代理公司，并且一直很骄傲地说我是凯瑟琳·克拉克代理的作家之一。

我要特别感谢我的写作伙伴莉兹·凯斯勒，感谢你用TFB给我的鼓励。我需要他人意见的时候，你放下一切帮我审读手稿，而且给我提出了很棒的建议。我欠你个人情！我还要感谢我的妈妈希拉·利奇。您总是抽空阅读我写的东西，而且不怕告诉我您真实的想法。感谢您和爸爸一直不懈地支持我。

我非常感激我的家人和朋友给我带来的爱、支持和快乐，尤其要对我出色的丈夫史蒂夫表达我最诚挚的感谢。你帮我做了许多值得一提的具体工作——倾听、校对、建议——还有其他成百上千件特殊的、不能写在这里的事情。没有你，我不可能完成这本书。

安娜贝尔·皮彻

2012年7月

于 西约克郡

图书在版编目（CIP）数据

番茄酱之云 / (英) 安娜贝尔·皮彻 (Annabel Pitcher) 著 ; 徐东林译. -- 南京 : 江苏凤凰文艺出版社, 2018.8

书名原文: KETCHUP CLOUDS

ISBN 978-7-5594-2606-2

Ⅰ. ①番… Ⅱ. ①安… ②徐… Ⅲ. ①长篇小说－英国－现代 Ⅳ. ①I561.45

中国版本图书馆CIP数据核字(2018)第172688号

著作权合同登记号: 10-2018-038

书　　名　番茄酱之云
作　　者　（英）安娜贝尔·皮彻
译　　者　徐东林
策划出品　九志天达
责任编辑　姚　丽
特约编辑　张　颖
责任监制　刘　巍　江伟明
出版发行　江苏凤凰文艺出版社
出版社地址　南京市中央路165号，邮编：210009
出版社网址　http://www.jswenyi.com
印　　刷　北京盛通印刷股份有限公司
开　　本　880毫米×1230毫米 1/32
字　　数　180千字
印　　张　9.25
版　　次　2018年8月第1版　2018年11月第2次印刷
标准书号　ISBN 978-7-5594-2606-2
定　　价　42.00元